三国志名臣列伝

蜀篇

宮城谷昌光

文藝春秋

目次

関羽《かんう》 9

張飛《ちょうひ》 59

諸葛亮《しょかつりょう》 107

趙雲《ちょううん》 161

李恢　りかい　215
王平　おうへい　237
費禕　ひい　261

玄菟郡
高句麗
昌黎郡
遼東郡
幽州
漁陽郡
遼西郡
楽浪郡
右北平郡
帯方郡
并州
鉅鹿郡
冀州
青州
魏郡
東莞郡
上党郡
鄴
兗州
河内郡
琅邪国
河東郡
徐州
陳留郡
洛陽
潁川郡
司州
河南尹
許昌
譙郡
広陵郡
豫州
淮南郡
呉郡
南陽郡
汝南郡
建業
襄陽郡
廬江郡(魏)
丹楊郡
江夏郡
南郡
揚州
会稽郡
荊州
武昌郡
鄱陽郡
豫章郡
長沙郡
零陵郡

三国時代地図

敦煌郡
酒泉郡
涼州
武威郡
河水
金城郡
雍州
安定郡
隴西郡
天水郡
京兆郡
扶風郡
長安
武都郡
陰平郡
漢中郡
魏興郡
梓潼郡
巴西郡
巴東郡
汶山郡
益州
蜀郡
成都
巴郡
漢嘉郡
江水
北
牂牁郡

三国志名臣列伝　蜀篇

関羽

かんう

11　関羽

冬が近い。

寒気をふくんだような灰色の雲が天空に蔓延《まんえん》している。

わずかに目をあげてその雲を瞻《み》た男の顔は、皮膚が火に灼《や》かれたように、異様に赤い。

ほかにも特徴がある。鬚髯《ひげ》が豊かで、しかも黒々としている。長い旅のあかしである塵汚《じんお》をぬぐえば、その鬚《あごひげ》と髯《ほおひげ》は艶《つや》をとりもどして黒光りするであろう。

男の氏名は、関羽《かんう》という。

あざなは雲長《うんちょう》というが、もとのあざなを長生《ちょうせい》というのであるから、関羽ももとの氏名ではないかもしれない。なにしろ関羽は、後世、武神として祀《まつ》られ、さらに時代が下ると、財神となって民衆の信仰を多大にあつめることになる。それにともなって、生前の関羽が黙して語らなかった過去が掘り起こされて、伝説化した。ただし伝説であるからといって、古い真実であるとはかぎらない。あらたに創《つく》られた話が、古めかしい衣裳をまとっている場合もある。

関羽は人助けのために、呂熊《りょゆう》という極悪非道の顔役を殺して、故郷の解県《かい》（河東《かとう》郡）から出奔《しゅっぽん》した。伝説を簡単にいえばそうなる。

殺人罪で全土に手配書がまわされることを想定して、かれは氏名と人相を変えたと想《おも》うべきであろう。他の郡県に移住しても、その地の里人に怪《あや》しまれて通報されるであろうから、どこにもとどまらないで移動しつづける方法をえらんだ。長距離をゆく商隊の警護人にまぎれこんだ。それはひとり旅ではないので流餓《りゅうが》をまぬかれた。ひとつ目、ふたつ目の商隊の警護を終えて、三つ目の商隊に傭《やと》われ、とうとう東北端の州というべき幽《ゆう》州まできた。

幽州の最南端にある郡を涿《たく》郡といい、北上してきた者たちが、まず足を踏み入れるのは、この郡である。郡内を大川《たいせん》がながれているわけではないが、いくつか川があるので、商隊のすすみが悪い。ようやく郡府のある涿県に到着すると、宰領《さいりょう》をおこなっている者が警護人の大半を集めて、

「ご苦労だったな」

と、ねぎらい、それぞれに銭を渡した。ここで解雇《かいこ》というわけである。想っていたより、うけとった銭が多かったので、つい関羽は横に立つ大男に、

「荷はなんであったのか」

と、問うた。大男は関羽より一尺《せき》ほど身長が高い。関羽が八尺（およそ一八四センチメートル）であるから、大男は長人《ちょうじん》といいかえたほうがよいであろう。しかもその面貌《めんぼう》は鬼のようなので、みなから鬼面《きめん》とよばれ、畏《おそ》れられている。だが関羽だけは、

――この男は、善良だ。

と、洞察《どうさつ》し、平然と話しかけて気ごころを通じ合わせた。鬼面はぞんがい寡黙《かもく》ではない。関羽の問いにたいして、片目をつむり、

「荷の中身には、関心をもたないことだ」

と、太い声でいった。かなり怪しい荷を、かなり怪しい商人と警護人が運んだということになる。警護人のなかには、関羽のように、官憲《かんけん》に知られるとまずいことになる者がすくなくない。傭うほうもそれは承知だが、かれらがもっとも恐れているのは、盗賊の手先を警護人のなかにいれてしまうことである。その危険を避けるために、保証人のいない者は傭わない。関羽は逃避行の途中で、病で苦しんでいる者を助け、その者が商隊の警護人になったことがあり、商人に信用されていたことから、関羽を推薦してくれた。いちど実績をつくると、ほかの商隊も疑わずに招いてくれた。

「ゆくあてがないのなら、われについてくるとよい」

鬼面は涿県がはじめてではないらしく、関羽を誘って、迷わずに歩をすすめ、県内にはいった。

「気のきく簡憲和《かんけんわ》という男が、つぎの仕事を世話してくれる」

「つぎの仕事か……」

ここ二、三年、仕事とはいえ諸郡をめぐることになった関羽は、疲労が蓄積して、からだが重い。すこし休みたい気分になっている。

大路から細い路にはいって、かなり歩いた。

「ここだ」

と、鬼面がゆびさした家は、関羽が予想していた家より大きかった。家からうける印象は暗いものではなかった。

「ごめんよ」

この鬼面の声に応じて奥からでてきた男が簡憲和なのであろう。人に好印象をあたえる容貌は若さに満ちている。二十歳をすぎたばかりのようにみえる。かれは鬼面をみると破顔《はがん》したが、目はさりげなく関羽をさぐるように視《み》ている。

「へえ、鬼面さんが友人を連れてくるとは、めずらしい」

「こちらは、関雲長という。名と顔を憶《おぼ》えてやってくれ。二、三日、やっかいになる。室《へや》は――」

「空《あ》いていますよ」

どうやらここは商人宿らしい、と関羽は推察した。

「では、たのむ」

そういいながら鬼面は簡憲和に銭を渡し、それから関羽に手をさしだした。そういうことか、と察した関羽はその手に銭を載《の》せた。

旅行者のために食事をだしてくれる宿などなく、宿泊客はそれぞれ自分で炊事《すいじ》をするのがふつうだが、めずらしいことに、ここは食事付きであった。しかもでてきたのが、羊の肉料理であったので、故郷をでてから狗《いぬ》の肉しか口にいれたことがない関羽は、おどろきの色を

みせた。鬼面は笑い、

「肉を安く入手できるみたいだ」

と、関羽におしえた。

——この宿は安心できる。

そう実感したせいであろう、関羽は用心を解《と》いて熟睡した。

翌日の夕方、ふたりのまえに坐った簡憲和は、

「四日後に、広陽《こうよう》郡の薊《けい》県から、東へむかう荷がでる。その警護に加わるのなら、推薦状を書きます。どうしますか」

と、いった。広陽郡は涿郡に隣接している。薊県は涿県から遠くない。

鬼面はわずかに顔をしかめた。

「いまから、東へか……。どこまでゆく荷か、きいていないか」

いまから出発では、途中でかならず冬になる。しかも広陽郡から東は寒冷地といってよい。さらに恐れねばならぬのは、その地は鮮卑《せんぴ》や烏桓《うがん》（烏丸《うがん》）など強悍《きょうかん》な異民族の寇掠《こうりゃく》に遭《あ》いやすいということである。

「さあ、荷の行き先までは……」

簡憲和は口を濁《にご》した。

「よし、行こう。一筆、書いてくれ」

この鬼面の声を承《う》けた簡憲和のまなざしが関羽にむけられた。あなたはどうしますか、と

ないであろう。

「われか……、われは、やめておく」

気がすすまない。ということは、たとえ鬼面に誘われても、薊県にむかって足もすすま
暗に問うている。

翌朝、あっさりと鬼面は発《た》った。

涿県の北門まで見送りに行った関羽が宿にもどると、すぐに簡憲和が室にきた。

「ここに残って、これから、どうするつもりですか」

長くは泊められない、ということであろう。

「春になるまで、旅をしたくない。いや、旅も厭《あ》きた。このあたりで仕事がないだろうか」

人に頭をさげたことのない関羽が、簡憲和の親切心に頼るおもいで、頭をさげた。

「仕事といっても……」

しばらく関羽を凝視《ぎょうし》していた簡憲和は、すこし目つきを変えて、

「ついておいでなさい」

と、冷ややかにいい、家をでると県の南門をすぎて、西南へ歩いた。

——ずいぶん歩くな。

そう感じたものの、いまさら不審《ふしん》をいだいてもはじまらない。関羽は黙々と歩いた。

やがて聚落《しゅうらく》がみえた。簡憲和はその聚落にはいった。かれは門のほとりに井戸がある家の
まえで足をとめた。井戸には看板がたてかけてある。

「肉売ります」

絵心《えごころ》を想わせるおもしろみのある文字である。当然、家のなかが肉の売り場であろうとおもった関羽を、おどろかせたくなったのか、

「ここが肉の売り場ですよ」

と、簡憲和はいい、軽く井戸をたたいた。よくみると、井戸には蓋《ふた》がかぶせられている。

「肉はならんでいないが……」

関羽がいぶかしげにそういうと、簡憲和はふくみ笑いをした。

「蓋をとると、吊《つ》るされている肉がみえます」

「のんきな商売だ。肉が盗まれてしまう」

「夜間だけでなく、家に人がいなければ、この蓋の上に大石が載せられます。たれも動かせませんよ」

いまは大石が載せられていない。ということは、めあての人が家のなかにいるのだろう。慣《な》れた感じで簡憲和は門内にはいり、家のなかのけはいをうかがうと、首をふり、さっさと家の裏へまわった。そこには桃の木でかこまれた菜園《さいえん》があった。

钁《くわ》をふるっている男がいる。男の背中をみた関羽が、

――牛のようだ。

と、おもったということは、男はよほど大きい。関羽をともなってその男のうしろに立った簡憲和が、

「益徳《えきとく》、客人だ」

と、いったとたん、男は腰をまわし、いきなり钁で関羽を突いた。簡憲和は跳びすさった。かれがまったく驚愕《きょうがく》の色をみせなかったということは、益徳という男とすでにしめしあわせていたにちがいない。

関羽はどこにいても用心をおこたらない。益徳の背中にわずかながら妖気が生じたと感じた関羽は、不意を衝《つ》かれなかった。むろん、突き倒されなかった。それどころか、一歩、踏み込むと、柄《え》をつかんだ。益徳の顔をまぢかでみた関羽は、

――純《じゅん》な目をしている。

と、感じた。若い目でもある。が、膂力《りょりょく》はすさまじい。たれも動かせない大石をもちあげる力がこれであろう。しかしながら、関羽につかまれた柄は動かない。

ほどなく益徳の満面が充血し、目まで赤くなり、ひたいから汗がしたたり落ちた。

突然、炸裂《さくれつ》音がして、柄がちぎれた。直後に、益徳がひっくりかえった。

わずかによろめいただけの関羽は、裂けた柄をはなさず、钁の刃《は》を益徳の胸の上にやんわりと乗せて、

「われは田圃《でんぽ》を荒らす猪《いのしし》ではないぞ」

と、あえて感情をおさえた声でいった。益徳の純な目に免《めん》じて怒らなかったといえる。

簡憲和は信じられぬ光景を目撃したせいであろう、雷《かみなり》にうたれたように立ちすくんでいる。

関羽が立ち去ろうとしたとき、跳ね起きた益徳は、

「待ってくれ。あなたのような豪傑を捜していた。本物の豪傑をみつけるには、こうするしかなかったのだ」

と、大声を放った。関羽は立ち止まった。かれの背中は、わけを話せ、といっている。その背中にむかって益徳は、

「力くらべで負けたのは、はじめてだ。どうか、同行して、玄徳《げんとく》さんに会ってもらいたい」

と、深々と頭をさげて懇願《こんがん》した。

――仕事にかかわることらしい。

そう察した関羽は、念をおすようにいった。

「その玄徳という男が、またわれをためすようなら、われは宿へもどる」

関羽のするどい眼光をむけられた簡憲和は、正気をとりもどし、

「いや、玄徳さんは、そんなことをしません。わたしと益徳が推《お》した傑人を怪しむような人ではありません」

と、鄭重《ていちょう》な口調でいった。関羽にたいして敬意をもったあかしである。

「益徳、肉をもらってゆく。あとは、たのんだ」

あわただしく簡憲和が去ったあと、おもむろに大石を井戸に載せた益徳は、

「さあ、往きましょう」

と、関羽をいざなって、東へむかった。

――今日は、ずいぶん歩かされる。

しかし関羽は疲れない。冷えて澄んだ空気がここちよかった。

涿県に付属する聚落はいくつかあるらしく、益徳がゆびさした聚落には、陽光があたっていた。めずらしく雲が切れて、その聚落だけが明るかった。

里門のなかにはいると、なかば葉を落とした桑《くわ》の喬木《きょうぼく》がみえた。

「ふしぎなほど大きいでしょう。里の者はみな楼桑《ろうそう》とよんでいます」

楼閣《ろうかく》のように高く大きい桑の木ということであろう。自分の家の木でもないのに、益徳は自慢げにいった。その桑の大樹についてより正確にいえば、東南の籬《まがき》のかたわらに立っていた。

――ぬきんでた物があるということは、嘉《よ》い未来を予見《よけん》させる場合がある。

関羽は素直にそう感じた。籬のなかが玄徳の家である。ぞんがい大きな家である。

ふたりの足音がきこえたのか、すばやくなかから若者がでてきた。益徳をみるとほっとしたように目礼し、そのあと関羽を刺すようなまなざしで視た。

――目つきが悪い。

関羽は不快をおぼえた。

「客人だ――」

と、若者に告げた益徳は、履《くつ》をぬぐと、さっさと奥へすすんでいった。関羽は土間に坐った。それをみた若者が、板敷《いたじき》のほうへどうぞ、という手つきをしたが、関羽は無視した。家のなかにはほかに三、四人の若者がいる。なにかを警戒しているらしい険《けわ》しさが体貌《たいぼう》にある。

――もしや玄徳とは、遊俠《ゆうきょう》の男か。

地元の俠客《きょうかく》のあいだでもめごとがあって、殴《なぐ》り込《こ》みをかけられることを用心しているのではないか。郷里で顔役とその手下を斬ってきた関羽は、人々の害になる勢門《せいもん》に嫌悪をもっている。奥から脂《あぶら》ぎった悪相《あくそう》がでてきたら、問答をするまでもなく帰るつもりで、履をぬいで板敷に上がらなかった。

奥から小さな笑声がながれてきた。益徳とともにあらわれた玄徳を視た関羽は、眉《まゆ》をひそめた。

――異様に、耳の大きな男だ。

しかも若い。年齢は関羽と同年か、ひとつふたつ下であるとみた。ちなみにこのとき関羽は二十四歳である。ほかに玄徳の特徴をいえば、腕がおどろくほど長い。

玄徳は板敷の縁《へり》に腰をおろすと、にこやかに、

「しばらくここで、若い衆のめんどうをみてくれまいか」

と、いった。関羽は即答をしなかった。玄徳の正体を洞察するような目つきでみつめつづけた。そのあいだに、人を感嘆させるほど高い桑の木が、脳裡《のうり》をかすめた。その木といい、この男といい、異《い》、をもっている。異は妖気に化する場合もあるが、非凡を現出させる場合もある。関羽は口をひらいた。

「しばらく、とは、いつまでですか」

「来春まで、それでどうか」

「いいでしょう」

この声をきいて、玄徳のうしろに坐っていた益徳が、大きく手を拍《う》った。

この日から、関羽は玄徳家に仮寓《かぐう》することになった。


馬の売買をめぐって玄徳《げんとく》は涿《たく》県の豪族といさかいを生じた。が、調停者がいたらしく、大《おお》事《ごと》にはならずに冬を終えた。

新春を迎えたとき、関羽《かんう》の存在は重みを増した。

力くらべをして、あの剛毅《ごうき》な益徳《えきとく》に勝ったということだけで、それが玄徳の配下には驚愕《きょうがく》の種《たね》となった。またたくまにうわさはひろがり、玄徳家に出入りする若者はことごとく関羽を畏敬《いけい》の目であおぐようになった。玄徳にはそこはかとない威福《いふく》があり、その威とはちがった質の威が関羽にそなわったのは、玄徳家に住み込むようになってからである。

のちに関羽は、

――上に厳《きび》しく、下にやさしい。

と、広く知られるようになるが、このときすでにそうであり、関羽のおもいがけないやさしさにふれた若者は、関羽を慕《した》わずにはいられなかった。

――春になったか……。

関羽は小さく嘆息した。このときまで、いろいろ知ったことがある。

まず、玄徳とはあざなであり、氏名は、

「劉備《りゆうび》」

ということである。ひとりだけ関羽になれなれしい口の利《き》きかたをするようになった益徳は、食肉の解体をなりわいとしており、

「張飛《ちようひ》」

というのが氏名で、その張飛が、

「玄徳さんの家の始祖は、まえの漢《かん》王朝の中山靖王《ちゆうざんせい》であったということです」

と、いった。どうやら中山靖王とは、前漢の景《けい》帝の子であったらしい。が、たとえ皇帝の子孫でも、没落した家はかぞえきれないほど多く、なんの誇りにもならない。たとえ前漢の末まで王侯の位を保っていた者でも、王莽《おうもう》という劉氏嫌いの簒奪《さんだつ》者の出現によって、ほとんどすべての者が平民へ貶《お》とされた。そのあとの後漢の時代に尊崇《そんすう》される王侯は、漢王朝を復興させた光武《こうぶ》帝と功臣の裔孫《えいそん》であり、前漢という時代を尊びなつかしむ者がいれば、めずらしいといえる。

むろん劉備は自分の血胤《けついん》を人前で誇ったりはしない。ただし、前漢王朝を剣ひとつで創立した劉邦《りゆうほう》へのあこがれはあるらしい。だから、若いころの劉邦が裏渡世の道を歩いていたことをまねて、まじめに働こうとはしない、といえば語弊《ごへい》があるものの、正業がないことはたしかである。

――よくやってゆかれるものだ。

関羽は首をひねったが、この家の理財には関心がない。ここでの居ごこちは悪くないが、関羽自身は遊俠の徒になるつもりはない。

簡憲和《かんけんわ》がせかせかとやってきた。かれは、

「雍《よう》」

というのが本名で、のちのことをいえば、劉備が形成する硬質《こうしつ》の集団のなかで、その如才《じょさい》のなさによって、異質のやわらかさを産んだので、かれの存在は独特となった。劉備の配下のなかで、その若さにもかかわらず最古参である。

「雲長《うんちょう》さん、凶《わる》い報《しら》せだ」

「なにがあった」

「去年の晩春に、薊《けい》県から東へむかった荷が、烏桓《うがん》に襲われていたことが、いまごろになってわかったのです」

「どういうことだ」

「生還した者がひとりもいなかったためです」

関羽は嚇《かっ》とからだの一部が熱くなった。

「鬼面《きめん》も、死んだのか」

「たぶん……」

「あいつは、死なない。みかけとちがって、用心深い男だ」

「わかっています。わたしも鬼面さんが死んだと想《おも》いたくはありません。しかし雪融《ゆきど》けがはじまったのに、薊県にもどってきていないのです」

関羽は肩を落とした。血に染まった鬼面の巨体が雪に埋もれてゆく光景を想像して、うめいた。商人の荷につきそって旅をつづけていれば、どこが自分の墓穴《ぼけつ》になるか、わからない。

――われは、死ぬわけにはいかない。

じつは、関羽には妻子がいる。すでに天下に大赦《たいしゃ》があったので、殺人罪は消滅しているであろうが、関羽に殺された者たちの家族と親戚の感情をおもうと、うかつに妻子を迎えにゆけない。

――もうしばらく、ここにいるか。

鬼面の死は、関羽に教訓を与えた。むりに動くな、動くべきときに動け、そういわれたようであった。

その動くべきときが、ほどなくやってきた。

仲春に、突然、天下が震慄《しんりつ》し騒然となった。いわゆる黄巾《こうきん》の乱が勃発《ぼっぱつ》したのである。

太平道《たいへいどう》という宗教の教祖である張角《ちょうかく》が、冀《き》州の鉅鹿《きょろく》を本拠として、諸州にいる信徒に蹶起《けっき》をうながした。かれらが武器をもち、王朝打倒を叫び、黄色の頭巾《ずきん》をつけた時点で、その集団はなかば宗教色をぬいで革命軍となった。つまりそれらの軍の指導者は太平道の信徒であっても、兵の過半は政府に反感をいだいていた民衆であった。それゆえ黄巾の乱は、民衆蜂《ほう》起《き》というのが実情である。

黄巾の猖獗《しょうけつ》にさらされた冀州の北隣にある幽《ゆう》州にも支部がある。涿県の東北にある広陽《こうよう》郡に叛乱が生じ、またたくまに激化した。それを知った涿郡に属する県と聚落はことごとく門を閉じた。そのまえに逃げだして、山に避難した住民はすくなくない。

が、劉備は落ち着いたものであった。それには関羽が感心して、

「勝算が、ありますか」

と、問うた。劉備は小さく笑った。

「黄巾にとって、こんな聚落は眼中にない。攻め取りたいのは、涿県だろう」

「はあ、なるほど」

広陽郡の黄巾軍が涿郡にくるとすれば、南下してくるとみるのが常識で、涿県より南にある聚落がいきなり攻撃されることはない。それでも涿県の南にある聚落が安全であるという保証はどこにもない。

――この人には、独特の勘《かん》があるのだろう。

関羽はそれに気づきはじめた。劉備には、なにを考えているのかわからないところがあり、これからの生きかたにはっきりとした目的をもっていないようにみえる。しかしこざかしい目的は、人生を縮小させるとおもっているふしがあり、目的はなくても志《こころざし》があるともいえる。まさか、天下を取るなどというばかげた志ではあるまい、と関羽は嗤《わら》ったことがあるが、まんざらあたっていないわけではない、とちかごろ感じるようになった。

数日まえに、若者をまじえた談笑のさなかに、

「高祖《こうそ》（劉邦）は、勘のよさだけで、天下を取ったようなものだ」

と、劉備はいった。そのとき関羽は、

――浅薄《せんぱく》な感想だ。

と、劉備の幼稚《ようち》な歴史観をなかば軽蔑したが、いまおもえば、

「勘くらべなら、われは高祖に負けない」

と、劉備は自慢したのかもしれない。関羽は、劉邦が項羽《こうう》と天下を争った時代にくわしくないし、関心もない。しかし劉備は劉邦とおなじ氏をもっているがゆえに、たぶんその時代に明るい。また劉備は十代のなかばに、天下で三本の指にはいる盧植《ろしょく》という大学者に就《つ》いて学んだようなので、高等な知識をもっているはずである。ただしそのころの劉備を知っている簡雍は、

「遊んでばかりいた門弟ですよ」

と、関羽に語《つ》げたことがある。簡雍は劉備の遊び仲間のひとりであったのだろう。

涿県とその周辺には緊張がつづいたが、涿郡全体は比較的に静安《せいあん》であった。劉備の予想通りといってよい。広陽郡における主戦場は、中心地である薊県であり、そこでの攻防が長びいていた。

しかしながら、四月にはいると、黄巾軍の攻撃が苛烈《かれつ》となり、ついにかれらは幽州刺史《しし》の郭勲《かくくん》と広陽太守の劉衛《りゅうえい》を殺した。劉衛は広陽太守になったばかりといってよく、黄巾の叛乱を抑えることを朝廷に期待されていたにちがいないが、不幸にも叛乱軍に倒された。そのふたりの死によって、幽州は官兵を督率《とくそつ》する者を失った。あわてた朝廷は、

「鄒靖《すうせい》」

を校尉《こうい》に任じて、幽州に急行させた。鄒靖はかつて辺境の地に近いところで暮らしたことがあり、異民族の内情に精通していた。

こういうときに、簡雍があわただしく劉備の家に趨《はし》り込んできて、劉備とふたりだけで長い間話しあってから去った。このあと劉備は関羽にだけ声をかけた。

「雲長さんよ、われを助けてはくれまいか」

「なにが、あったのですか」

「郡が義勇兵を募集している。むろん黄巾と戦うためだ。いよいよ涿郡もあぶなくなった。が、郡県の兵が足りないということだよ」

関羽は口をつぐんだ。それをみた劉備は、

「おまえさんが役人を嫌っていることは、充分《じゆうぶん》にわかっている。いまの政府を倒すと高言している黄巾に加担《かたん》したいという顔だ。だがな、雲長さんよ、ここからが肝心な話だ」

と、いい、わずかに膝《ひざ》をすすめた。

「百六十年ほどまえに、いまの黄巾に似た赤眉《せきび》という集団が政府に叛逆した。この強大な叛逆によって、王莽の王朝は潰《つぶ》され、そのあとにできた更始《こうし》帝の王朝も倒された。しかし赤眉がやったことは、人民の田をふみにじり、財を奪い、さからう者を殺しつづけただけだった。たとえ黄巾が天下を制圧しても、やることは、赤眉とおなじになろう。いまの政府が善政をおこなっているとはいえないが、それでも、黄巾よりはましだ」

関羽はうなずかない。

「涿郡はまもなく黄巾に蹂躙《じゆうりん》される。地方政府は兵不足のため、義勇兵を募集している。われはそれに応ずることにした。三日後に、益徳の家の菜園《さいえん》に若い衆を集合させる。雲長さんの手を借りたいのは、そのためだ」

しばらく関羽は劉備の目を視《み》ていた。やがて関羽の眉宇《びう》に淡い笑いがただよった。

「春秋《しゆんじゆう》の世に、一飯《いっぱん》の恩義《おんぎ》に懸命にむくいた者がいました。わたしはここで、一飯どころか二百日の飯《めし》を食わせてもらいました。あなたにむくいることなく去ることができましょうや」

「春秋ねえ——」

関羽を見直した劉備は、

「おまえさんは学があるね。若い衆は気が荒く、なかなか人に心服《しんぷく》しないが、おまえさんの指図であれば、喜んで従うだろう」

と、いった。関羽がいった春秋とは、春秋時代ということである。関羽の郷里に知識人がいて、まだ少年であった関羽のまえに『春秋左氏伝《しゆんじゆうさしでん》』をひらき、

「この書物さえ暗記しておけば、世間にでても恥をかくことはない」

と、いって、全文をおぼえさせた。関羽の学問とは、『春秋左氏伝』がすべてである。それは歴史書ではあるが、その内容には儒教の初期の形態がふくまれており、官学といえば儒教といわれる漢の世にあって、儒教の教義を知らなくても、恥をかくことはないと実感する

ようになった関羽は、郷里の恩師に感謝している。

夕方、劉備の家に飛び込んできた張飛は、すでに関羽を兄《けい》とよんでいたが、

「雲長兄も、加わってくれるのか」

と、真剣なまなざしで問い、関羽がうなずくと、

「よかった」

と、叫ぶようにいい、劉備とろくに話もしないで帰った。張飛にとっては関羽の去就《きょしゅう》が最大の関心事であったのだろう。

三日後の早朝に、劉備と関羽それにふたりの若者が、家をでた。桑の喬木《きょうぼく》をみあげた劉備は、しばらくそのままでいたが、やがて木にむかって一礼すると歩きはじめた。すぐに関羽が、

「長い戦いになるかもしれません。当分、帰ってこれませんよ。家をどうなさるのか」

と、問うた。劉備は感傷を捨てた口調で、

「父は早くに死に、母は数年まえに亡《な》くなった。たとえ二度と帰ってくることができなくても、この家に未練《みれん》はない。昔、族父《ぞくふ》のひとりが学資をだして学問をさせてくれた。その人に管理をたのんだが、じつは家を贈るつもりだ」

と、いった。劉備も黄巾との戦いがたやすくかたづくとはおもっていない。ついでにいえば、劉備の性情はのちに明白になるが、物だけでなく人にも執着《しゅうちゃく》しないということである。

張飛《ちょうひ》がひとりで菜園《さいえん》に立っている。

環周《かんしゅう》している桃の木の花は盛りをすぎたものの、幽《ゆう》州は中原《ちゅうげん》よりもひと月ほど春の到来が遅いせいで、桃の花にみすぼらしさはない。その花に朝日があたると紅色が輝いた。おもわず関羽《かんう》は、

「桃紅酔《とうこうよ》うがごとし」

と、つぶやいた。それをきいた張飛は、

「やあ、雲長兄《うんちょうけい》は詩人だ」

と、はやした。目を細めた劉備《りゅうび》は、

「われには兄弟がなく、さびしかった。が、いまここで兄弟のぬくもりを知ったような気がする」

と、いった。

ほどなくさわがしい声が近づいてきた。劉備の呼びかけに応じた血気盛りの者たちが、二百人も集合したのである。その集団の先頭に立っていた簡雍《かんよう》は、関羽に近寄って、

「これから県庁へゆきますが、あと二百数十人はくるはずです」

と、はつらつさをみせていった。

――たいしたものだな。

劉備の実力を知ったおもいである。関羽はほかの者にはきこえない声で、

「宿をやめるのか」

と、訊《き》いた。目で笑った簡雍は、

「もともと兄の家です。わたしは犬馬《けんば》のように使われていただけです」

と、答えた。簡雍は家を出る機会をうかがっていたのであろう。それはわかるが、簡雍の体格はいかにも戦闘にはむいていない。ただし戦場とは、力くらべだけの場ではない。駆け引きがあり、武力の外の効用をひきだせる者も、すぐれた兵士にかぞえられる。

菜園は若さが涌溢《よういつ》する場になった。劉備は力強く訓戒を若者たちに与えた。このとき劉備は二十四歳である。若者たちの喚声《かんせい》が天に昇った。北方の一郡で義勇兵を率いて起《た》った義人《ぎじん》が、三十七年後に皇帝になろうとは、たれひとり想《おも》わなかったであろう。劉邦《りゅうほう》にあこがれている劉備自身も、

——あとは運しだいだ。

と、肚《はら》をくっていた。黄巾《こうきん》の叛乱はいまの中央政府を倒潰《とうかい》するほどの力はなく、この乱がしずまったあとに世が擾乱《じょうらん》するようになったら、収拾《しゅうしゅう》がつかない大乱となる。劉備が知っている歴史は、胸裡《きょうり》にそういう未来図を画《か》いている。

劉邦は他人《ひと》に磊落《らいらく》さをみせていたが、じつは信心深かった。が、劉備はそうでもない。おなじ屋根の下で暮らしてきた関羽も、

——玄徳《げんとく》という人は、なにを信じているのか。

それが、わからなかった。

あたりをみまわした関羽は、

「たれも武器をもっていない。県庁へゆけば、与えてもらえるのか」

と、ふしぎがった。

「いえ、いえ、武器はありますよ。ほら、きました」

荷車が到着した。武器が満載《まんさい》されている。

「どういうしかけになっている」

武器の購入にはかなりの銭が要《い》る。劉備にそれほどのたくわえがあるようにはみえなかった。

簡雍は声を立てずに笑った。

「半月まえに、玄徳さんの家に、どやどやと商人がきたでしょう。しかけは、あれですよ」

劉備の家にやってきたのは、中山《ちゆうざん》国の大商人である張世平《ちようせいへい》、蘇双《そそう》などである。かれらは馬の売買のために中山国と涿《たく》郡のあいだを往来するうちに劉備の名をきいたらしい。かれらは相談して、劉備を訪問し、

「以後、おみしりおきを――」

と、いい、金財《きんざい》を贈った。ただしそれは純粋な義捐《ぎえん》金にはあたらぬであろう。そこには、やがて劉備の顔役としての威勢が涿郡と近隣の県をおおうであろうとみた、商人たちの下心がある。

――玄徳には奇妙な徳がある。

そうではないか。あれらの商人は劉備の挙兵を助けようとして銭を贈ってくれたわけではない。ところがここで、少々よこしまな銭が、義挙によって、浄化された、と関羽は感じた。

張飛は矛《ほこ》を執《と》り、関羽は戟《げき》をつかんだが、ものたりなさをおぼえた関羽は、

「長柄《ながえ》の刀《とう》が欲しい」

と、簡雍にきこえるようにいった。

県庁へむかったかれらは、ここから激動の歳月に突入したといってよい。

州郡の兵と義勇兵を合わせて指麾《しき》することになった鄒靖《すうせい》は、名将とよばれるほどの将器ではないが、用兵にそつがなく、怒濤《どとう》のような黄巾軍を撃退した。

関羽と張飛の働きはめざましく、注目した鄒靖は、

「あれは、たれの隊か」

と、左右にたずねたほどであった。

その隊の長である劉備の武功は、上に認められた。乱がひとまず鎮静すると、劉備は安喜《あんき》県の尉《い》に任命された。県尉は県内の治安をつかさどる。ちなみに安喜県は幽州の南隣の冀《き》州中山国に属する。劉備の遠祖が中山王であったことを上に報告した者がいたのであろう。

この時点で、劉備に従ってきた若者たちの大半が郷里に帰った。関羽、張飛、簡雍など少数の者が劉備に養われるかたちで残った。

やがて関羽はおもいがけなく劉備の血の気の多さを知ることになる。

黄巾の乱における武功によってとりたてられた者の勤務評定をおこなうべく督郵《とくゆう》という吏《り》

人《じん》がやってきた。が、かれは暗に賄賂《わいろ》を強要して採点するにすぎない。いわゆる汚吏《おり》である。かれに面会を求めた劉備が、取り次いでさえもらえなかったことに腹を立て、宿舎に押し込むと、督郵を縛りあげて棒で二百回も打った。そのあと、県尉のしるしである印綬《いんじゅ》を解《と》いて督郵の首にかけ、官を棄《す》てて遁走《とんそう》した。

劉備のあとにつづいて県外にでた関羽と張飛は、

「おどろいたな」

と、いわんばかりに瞠目《どうもく》し、顔をみあわせた。あれほど激しく怒った劉備をはじめてみた。政府のために誠意をもって戦ってきた劉備は、その政府の汚濁《おだく》がゆるせなかったのであろう。

――玄徳はめずらしいほど無垢《むく》な人なのだ。

関羽はここで劉備の本性をみたおもいで感動した。けがれる一方の世で、どこまで無垢をつらぬいてゆけるか、それをみとどけたくなった。

うしろに簡雍の愁顔《しゅうがん》があった。

「まずいです。あれほど吏人を撲打《ぼくだ》したとあっては、手配書をまわされて逮捕《たいほ》されます。そうとうに遠くまで逃げないと、安心できません」

かつて官憲《かんけん》の目を気にしつつ諸郡を歩いた関羽は、簡雍ほど深刻なおもいをいだかなかった。劉備は人を殺したわけではない。自分との大きなちがいはそれである。

劉備に率いられた小集団は、冀州をでただけではなく、ひたすら南下をつづけ、ついに江《こう》水《すい》(長江《ちょうこう》)を渡って丹楊《たんよう》郡に到った。

このとき中央の政情は激変しようとしていた。

政治を腐敗させた元凶というべき宦官《かんがん》を、宮中から一掃《いっそう》すべく、大将軍の何進《かしん》が諸郡の豪傑を中央に集めようとしていた。何進の使者として派遣された毌丘毅《かんきゅうき》が丹楊郡に到着して兵を募《つの》ったことで、劉備たちは拾われた。

――また義勇兵か。

関羽は内心笑った。が、義勇兵への応募はまたしても劉備の運を開いた。毌丘毅に率いられた集団が北上して、江水はもとより淮水《わいすい》をも渡って下邳《かひ》に到ったとき、賊に遭遇した。黄巾も賊とよばれたように、政府の命令に従わない武装集団はすべて賊である。

劉備の配下はわずかではあるが、なにしろ関羽と張飛の働きは際立っており、毌丘毅の推薦があったのであろう、戦いのあとに、劉備は下密《かみつ》県の丞《じょう》となった。県丞は副県令《ふくけんれい》といってよい。ところが下密県は下邳からみれば、はるかに北で、下密県の北には海しかない。しかも下密県のある北海《ほっかい》国は黄巾の残存勢力が強大で、下密県などは一日でかれらにのみこまれてしまう。劉備は辺陬《へんすう》の県での生活も嫌って官を去った。だが劉備の将器はすでに認められていたのか、こんどは青州《せい》西部にある高唐《こうとう》県の尉に任命され、さらに高唐県の令まで昇った。

「県令ですよ、県令――」

簡雍は劉備の栄達を喜び、はしゃいだ。が、劉備と関羽は浮かれたところをみせなかった。青州の治安の悪さは他州の比《ひ》ではない。のんびりとくつろいですごす日は、一日たりともない。

はたしてこの県も賊に襲われた。敢然《かんぜん》と迎撃《げいげき》したものの、劉備と配下の兵は惨敗した。兵力がちがいすぎた。さすがの関羽と張飛も劉備を護《まも》るのがせいいっぱいで、逃げざるをえなかった。が、逃走中に関羽だけはほがらかであった。張飛はふしぎにおもい、不快をあらわにして、

「雲長兄よ。この負けが、そんなに楽しいのか」

と、なじった。関羽はすぐさま、

「主《しゅ》は――」

と、いった。この場合の主は、主人あるいは主君の意である。すでに関羽は劉備という人間のおもしろさに心酔《しんすい》している。あえていえば、劉備はなにもしないのになにかをしているようにみえるところがおもしろい。儒教全盛《じゅきょう》の時代ではあるが、劉備は儒教と対極にある老《ろう》子《し》か荘子《そうし》の思想を好んだのではあるまいか。だいいちあざなの玄徳は儒教好みではない。儒教は白を尊ぶ。玄《くろ》を好む儒者などきいたことがない。

「主は、城に籠《こ》もらなかった。城はおのれを守ってくれるようにみえるが、じつは棺《ひつぎ》に変わる。一歩でも城の外にでて戦うことが、生きてゆくための要諦《ようてい》であることを知っている」

「ほほう、そういうものか」

粗暴《そぼう》にみえる張飛は、じつは無学ではない。書のほかに絵画も習ったことがある。つまり頭の堅い男ではない。関羽の説に納得《なっとく》した。

劉備には、窮地《きゅうち》におちいると助力者があらわれるという、ふしぎさがある。

敗走してゆくさきに、公孫瓚《こうそんさん》がいた。

幽州遼西《りようせい》郡出身の公孫瓚は、かつて盧植《ろしょく》先生のもとで学んでいたときの兄弟子である。若いころから偉才《いさい》であるという評判の高かった公孫瓚は、中央政府の威令が衰弱したこの期に、幽州だけではなく、冀州さらに青州を制圧しようとしていた。たまたまころがりこんできた劉備に、高唐県から遠くない平原県《へいげん》の令を代行させ、のちに平原国の相《しょう》を兼任させた。王国の相は郡の太守《たいしゅ》にひとしい。

関羽は張飛とともに別部司馬《べつぶしば》に任ぜられた。別部司馬は別働隊の長である。が、関羽はここでも喜ばなかった。

――公孫瓚とは、情の薄《うす》い人だ。

旧知でしかも同門の劉備を主力軍に招かず、青州取りの道具として使った。そこが気にいらなかった。おそらく公孫瓚は劉備が苦戦におちいっても救援にはこないであろう。使い捨てにするだけだ。それについて劉備はなにもいわないが、公孫瓚という英雄きどりの人物の限界をみきわめているにちがいない。

はたして劉備《りゅうび》は公孫瓚《こうそんさん》から離れた。

離れたことによって、劉備は徐州《じょ》をあずかることになった。時勢が演出した奇術のようなものである。

劉備がいた青州《せい》の南には兗州《えん》と徐州があり、兗州の曹操《そうそう》と徐州の陶謙《とうけん》が争った。曹操に圧倒されそうな陶謙は、劉備にも救援を求めた。それに応じた劉備は、その器量をみこまれて、病死するまえの陶謙から、

「劉備でなければ、この徐州は保てない」

と、いわれて、徐州の支配権をゆずられたのである。剛愎《ごうふく》な陶謙にしては、この譲渡《じょうと》は目をみはるほど爽邁《そうまい》である。

しかしながら、徐州の保全は至難といってよかった。徐州に隣接する揚《よう》州の九江《きゅうこう》郡に袁術《えんじゅつ》がはいったことによって脅威をうけつづけ、実戦としては、淮水《わいすい》のほとりにある淮陰《わいいん》と盱眙《くい》において袁術軍を拒《ふせ》いだ。このとき関羽《かんう》は劉備を佐《たす》けて前線にいたが、張飛《ちょうひ》は本拠の下邳《かひ》を留守《りゅうしゅ》していた。

ところが下邳城の西に、やっかいな男がいた。呂布《りょふ》である。

この勤王《きんのう》の志士を自称する男には、狡猾《こうかつ》なところがある。

并《へい》州のなかでも最北端に位置する五原《ごげん》郡出身の呂布は、大将軍の何進《かしん》に招かれた并州刺史《しし》の丁原《ていげん》に属《つ》いて近畿《きんき》にのぼった。ところが何進が宦官《かんがん》に暗殺されたあと、洛陽《らくよう》に乗り込んできた梟雄《きょうゆう》の董卓《とうたく》にそそのかされて、丁原の首を獲《と》って、董卓の腹心となった。が、長安遷都《ちょうあんせんと》がおこなわれたあと、おなじ并州出身の王允《おういん》にひそかに説得されて、董卓を誅《ころ》した。かれは二度も上司を殺したのである。その後、董卓の配下に報復されると、長安を脱出した。やがて曹操の反勢力にかつがれ、陶謙を全力で攻めていた曹操が不在である兗州を奪おうとした

ものの、けっきょく失敗して、劉備を頼ってきたのである。

関羽は下邳を発《た》つまえに、

「呂布は信義のない男だ。用心をおこたるな」

と、張飛にいった。いわれるまでもなく、張飛は警戒をおこたらなかったが、袁術のもとから呂布を誘う書翰《しょかん》が渡り、呂布がそれに応じたことは知らなかった。

下邳城は呂布に急襲された。曹操をも悩ませた呂布の武力である。張飛は防ぎきれず、敗走した。その凶報に接した関羽は、呂布の卑劣さに烈火のごとく怒ったが、なぜか劉備は無表情であった。

劉備にとっては、前門の虎、後門の狼という状況になり、両者の牙爪《がそう》にかからぬように兵を引き、避難をつづけたが、兵糧《ひょうろう》が尽きて餓《う》え死にしそうになった。そこで、呂布に降伏した。徐州の一隅《いちぐう》を与えた呂布に、徐州全体を奪われたのである。

呂布が劉備に気をゆるしたのは一時的で、けっきょく劉備を殺そうとした。

劉備は逃げた。逃げるときには、関羽や張飛に相談しないで、まっさきに逃げるのが劉備の特徴である。その速さに、関羽はあっけにとられた。それでも劉備を非情の人であるとはおもわなかった。むしろ劉備は関羽などを信じきっているがゆえに、そうするのであろう。こういう感覚は、主従のものではなく、兄弟のものである。どういう状況になっても、兄弟は離れないものだ、と劉備は信じているらしい。

——奇妙人だな。

と、関羽は内心嗤《わら》った。世間の兄弟をみれば、わかる。兄弟ほど憎みあい嫌いあうものはいない、という関係になりがちである。しかし劉備は兄弟がいないので、兄弟の理想像をあたため、それを自身と関羽、張飛に付与《ふよ》しているといってよい。

劉備は曹操のもとに逃げ込んだ。

この時点で、曹操は長安から逃走してきた献《けん》帝をすでに迎えて、王朝の実質的な運営者になっていたものの、冀《き》州の袁紹《えんしょう》にくらべると、威勢は劣る、と天下の人々にみなされ、実際にそうであった。曹操が、突然ころがりこんできた劉備を優遇したのは、この男には使い道がある、とおもったからである。

曹操という人材発掘の名人の目は、従者である関羽にむけられた。

――武人としての風格が尋常ではない。

劉備の配下にしておくのはもったいない、自分の属将となれば、一軍を指麾《しき》させたい、ということである。

やがて曹操は、袁紹との決戦が近づいているのに、すばやく兵を徐州にむけて、呂布を討った。これは袁紹に背をむけての遠征であるから、曲芸《きょくげい》に比《ちか》い。が、その曲芸をあざやかにやりきった。呂布を捕らえた。

縛られてひきすえられた呂布だが、曹操にむかって大口《おおぐち》をたたいた。

「今日よりあとは、天下が定まるでしょう」

「どうしてそういえるのか」

「公《きみ》の憂患《ゆうかん》は、ただこの呂布にあっただけです。いまわたしが公に服従したのです。わたしに騎兵を率いさせ、公が歩兵を率いれば、天下はやすやすと定まるのです」

曹操の表情がゆるむのをみた呂布は、うしろにいる劉備に声をかけた。

「玄徳《げんとく》よ、そなたは公の上客だ。われを縛っている縄《なわ》がきついので、ひとこと公にいってくれぬか」

劉備がそれに答えるまえに、曹操が笑いながら、

「虎を縛るのだ、きつくならざるをえない」

と、いい、呂布の縄をゆるめようとした。呂布を釈《ゆる》そうとしたのである。劉備が口をひらいた。

「なりませぬ。公よ、呂布が丁原と董卓にどのように仕えたかを、ご存じでしょう」

感情の色を添《そ》えない声であった。その声をうしろできいた関羽は、

——これが主《しゅ》の真の怒りか。

と、おもった。この一言が、生きのびようとしていた呂布を死の淵へ突き落としたのである。はたして呂布は嚇《かつ》と劉備を睨《にら》み、

「大耳《たいじ》の児《じ》め、きさまこそ、もっとも信用がならん」

と、ののしった。大耳の児とは、大きい耳をもったこわっぱ、ということである。劉備の諫言《かんげん》を容《い》れた曹操は、呂布の活用をあきらめて、殺した。

直後に、勘《かん》のよい簡雍《かんよう》は関羽に近寄って、

「主はさりげなく呂布に復讎《ふくしゅう》しましたね」

と、ささやいた。が、関羽は首を横にふった。

「あれは、曹公への礼だ」

「えっ、礼ですか」

「考えてもみよ。呂布は皇帝のために董卓を討ったと吹聴《ふいちょう》していたのだぞ。その皇帝は、いま曹公の近くにいる。呂布が曹公に重用されれば、皇帝が呂布に密命をくだして、曹公を誅させるかもしれぬ。主はそれを未然に防いだ」

「これはおどろいた。そこまでは考えなかった。とにかく、これで、徐州にとどまれますね」

簡雍はそういい、関羽もおなじ想《おも》いをもったが、事態はそうならなかった。曹操は徐州を臣下の車冑《しゃちゅう》にさずけ、劉備をともなって引き揚げた。おそらく曹操は袁紹との決戦に劉備を投入する肚《はら》なのであろう。

しかしながら、劉備にはふしぎな運気のめぐりがある。徐州に帰る機会を劉備は得た。九江郡にいた袁術がきわめて困窮《こんきゅう》し、嫌いぬいていた袁紹に頼るべく、北上するという報《しら》せが曹操のもとにとどいた。袁紹の南下にそなえている曹操は、あたりをみまわして、劉備にまなざしをむけ、

「袁術を止めよ」

と、命じた。袁紹との攻防に不可欠な重臣をつかいたくなかったのであろう。この命令を

承《う》けて劉備はすみやかに出発した。

それを知った謀臣の程昱《ていいく》と郭嘉《かくか》は、

「公は劉備に兵をお貸しになりましたが、かれはかならずや異心《いしん》をいだきます」

と、曹操を諫《いさ》めたが、手遅れとなった。徐州にもどった劉備は、すでに袁術が病死したと知るや、車冑を殺して自立した。関羽には、

「郡守を代行せよ」

と、下邳を守らせ、自身はかなたの小沛《しょうはい》（沛県）に帰った。小沛は往時、陶謙から与えられた駐屯地であり、また、前漢《ぜんかん》の劉邦《りゅうほう》の出身地であることから、劉備はその地にゆかりをもつことを好んでいた。

劉備は下邳をでるまえに、袁紹に使者を遣《や》って誼《よしみ》を結んだ。まもなくはじまる袁紹と曹操の戦いは、かつての項羽《こうう》と劉邦の戦いのように長びくであろうし、兵糧が尽きたほうが負けると予想すれば、豊富な食料をもつ袁紹が勝つ。それまで劉備としては、高みの見物をしていればよいのである。

だが、劉備にとって仰天《ぎょうてん》するようなことが起こった。袁紹と戦う寸前の曹操がみずから攻めてきたのである。さきに呂布の討伐を曲芸といったが、これはそれよりもきわどい。

――まさか、まさか。

劉備は信じなかったが、事実であるとわかると、身ひとつで逃げた。配下どころか妻子をもかえりみないで奔《はし》った。当然、下邳にいる関羽は置き去りにされた。下邳城に曹操軍が迫

ってきた。

——ここでは死ねない。

感覚的に、劉備が死んでいない、と関羽にはわかる。また曹操は、包囲されるまえに降《くだ》る敵将には寛容であることもわかっている。それゆえ関羽はいっさい抗戦をおこなわず、颯《さっ》と開城して、曹操に降伏した。

予想通りになった。いや、予想以上になった。関羽は殊遇《しゅぐう》された。曹操は降将《こうしょう》でも才能があるとみれば、ためらわず重任をさずけたが、軍事の要職にかれらを就《つ》けることをしなかった。例外は、呂布の属将であった張遼《ちょうりょう》ただひとりである。曹操はその張遼よりも関羽に気をつかって優遇した。張遼は曹操から関羽の心をさぐるように命じられ、観察していたが、

——関羽が去ることはまちがいない。

と、おもい、嘆息した。関羽が去ると報告すれば、関羽は曹操に殺されるのではないか。しかし報告しなければ、主命をないがしろにしたことになる。悩んだすえに、張遼は主命を遵守《じゅんしゅ》した。

報告する張遼の苦しげな表情をみた曹操は、

「君に仕えてその根本を忘れないのは、天下の義士である。では、関羽はいつ去るとおもうか」

と、問うた。ほっと表情をやわらげた張遼は、

「関羽は公のご恩を受けているので、功を樹《た》て、公に報《むく》いてから去るでしょう」

と、答えた。張遼は関羽の気質と真情を洞察したといえるであろう。

袁紹と曹操が雌雄《しゆう》を決する官渡《かんと》の戦いの前哨戦《ぜんしょう》というべき戦いが、白馬県《はくば》ではじまった。兗州東郡《とう》の西南部に位置するその県を守っていたのは、東郡太守の劉延《りゅうえん》である。南下しはじめた袁紹は、その県を、顔良《がんりょう》という将に攻めさせた。曹操は劉延を救うべく、張遼と関羽を先鋒として急行させた。

敵陣を遠望した関羽は、こともなげに、

「顔良の首は、われが独《ひと》りで獲ってくる。援護は無用」

と、いい、単騎で駆けだした。

「独りで――」

張遼は唖然《あぜん》とした。かれの目には、遠ざかってゆく人馬の孤影は、幻影のように映《うつ》ったであろう。

敵陣に乗り込んだ関羽は、

「関雲長《かんうんちょう》、まかり通る」

と、大声を放ちながら、本営まですすんだ。

一騎だけで突きすすんだところに、魔術のような不可思議《ふかしぎ》さが生じた。だいいち、何千何万という軍勢に、ただ一騎で戦いを挑《いど》む者などいないという常識がすべての将士にある。また敵陣から一騎で駆けてきた者は、使者である旗を掲《かか》げていないかぎり、逃げてきた兵であるとみなされる。さらに顔良の不幸は、関羽が劉備の股肱《ここう》の臣であることを知っていて、いま劉備が袁紹の客将になっていることも承知していたところにある。さきにいちはやく遁走《とんそう》した劉備は、青州の袁譚《えんたん》（袁紹の子）を頼り、それから袁紹のもとへゆき歓迎された。それを知っている顔良は、関羽が曹操軍を脱走してきたとおもい、用心しなかった。が、本営にあらわれた関羽は、長柄《ながえ》の刀《とう》を一閃《いっせん》させて、顔良の首を刎《は》ねた。

この時点で、劉備がどこにいるのか、関羽はすでに知っていたか、まだ知らなかったか、微妙なところである。

とにかく、顔良の首をたずさえてもどってきた関羽は、先陣の全兵士から驚嘆の目で迎えられ、その勇名はほどなく天下にとどろいた。

白馬県の包囲が関羽の奇捷《きしょう》によって解《と》かれたと報された曹操は、みごとなり、と手を拍《う》ち、すぐさまかれを漢寿亭侯《かんじゅていこう》に封《ほう》じた。これが関羽の正式な爵位《しゃくい》である。が、関羽は喜ばない。どれほど優遇されても、曹操に仕えることには、生理的な違和感をおぼえる。自身と曹操とが一体になることはない。ここには厳然たる主従の関係がある。劉備とのちがいはそれであろう。たしかに劉備は関羽にとって主ではあるが、劉備のために懸命に働かねばならない、とおもったことはない。たがいに在《あ》るがまま、という感覚によって、おのれが自由になれる。それは、劉備の欲望がどの程度か、わからないせいで、そうなるともいえる。

——とにかくこれで、曹操への報恩をはたした。

関羽は曹操から下賜《かし》されたものに封《ふう》をし、書翰をたてまつって、去った。

曹操の側近は怒気をふくんで噪《さわ》ぎ、関羽を追おうとしたが、曹操は表情を変えず、

「かれは主に尽くそうとしているのだ。追ってはならぬ」

と、いった。曹操の恢達《かいたつ》な面が発揮されたといってよい。利害にからむなまぐささが充満している戦乱の世にあって、関羽と曹操の挙止《きょし》には、清冽《せいれつ》な詩情さえ感じられる。


関羽《かんう》がいつ妻子をひきとったのか、じつは、はっきりしていない。

以前、呂布《りょふ》が誅殺《ちゅうさつ》されたあと、関羽は、

「秦宜禄《しんぎろく》の妻を娶《めと》りたい」

と、曹操《そうそう》に願いでたことがあるので、それよりまえに妻である胡《こ》氏は死亡していたとおもわれる。ちなみに秦宜禄は呂布の使者として袁術《えんじゅつ》のもとにゆき、帰らなかった。

劉備《りゅうび》が袁紹《えんしょう》から離れ、南下して荊《けい》州の劉表《りゅうひょう》の客将となっていた歳月は、比較的に平穏《へいおん》であったので、その間に、関羽はふたりの男子すなわち関平《かんぺい》と関興《かんこう》を呼び寄せたと想像できる。そうでなければ、ふたりを招いたのは、赤壁《せきへき》（烏林《うりん》）の戦いのあとである。

劉表の死後にたやすく荊州を制圧した曹操軍は、逃げる劉備らを追うかたちで急速に江水《こうすい》に到り、そこから大船団を形成して、呉《ご》の孫権《そんけん》を攻めた。孫権は周瑜《しゅうゆ》と程普《ていふ》の二将を迎撃《げいげき》にむかわせ、赤壁において曹操軍を大破した。その後も、曹操軍と孫権軍の攻防がつづき、荊州南部の支配権が定まらなくなったので、劉備が動いて南部の諸郡を降《くだ》した。実力でそれらを取ったのである。

関羽は襄陽《じょうよう》太守・盪寇《とうこう》将軍に任ぜられた。そのころには、関平と関興を膝《ひざ》もとに置いていたことはたしかである。関平は関羽が十九歳のときに儲けた子である。ただし父子のあいだに音信《いんしん》が杜《と》絶《ぜつ》していたわけではなく、再会後のふたりの子には、天下屈指の武人となった父を誇らしげに敬慕する色があった。

それにしても、劉備の生涯は浮《ふ》沈《ちん》の連続で、幸《こう》をつかめば不幸に変わり、不幸に遭《あ》えばそれが幸となるという稀《まれ》な運命をたどり、ついに西方の益《えき》州へゆくことになった。益州北部を支配する劉璋《りゅうしょう》に招かれたのである。

劉備が不在になるため、荊州諸郡の行政は諸葛亮《しょかつりょう》にまかされ、軍事は関羽がつかさどった。諸葛亮はあざなを孔明《こうめい》といい、荊州の中心地である襄陽から遠くない地にあって、晴耕雨読《せいこううどく》の日々をすごしていたのであるが、来訪した劉備の三顧《さんこ》の礼《れい》に感動して、臣従することになった異才である。あえていえば、形のなかった劉備の欲望に形を与えたのが、諸葛亮である。

「まず荊州を取り、ついで益州を統治してから、天下を平定する」

諸葛亮はそういう段階を提示し、劉備はその二段目に足をかけた。関羽は次男の関興に、

「主《しゅ》に随行《ずいこう》せよ」

と、いい、劉備に従わせて益州へ遣《や》った。関興は武よりも文《ぶん》に長じているとみた。ちなみに関興は、のちに蜀《しょく》の丞相《じょうしょう》となる諸葛亮に嘱目《しょくもく》されて、侍中《じちゅう》・中監軍《ちゅうかんぐん》まで昇るが、長寿を得られなかった。

翌年の冬に、劉璋と劉備のあいだに嫌隙《けんげき》が生じ、両者は戦うことになった。敵地にいる劉

備を援護すべく、諸葛亮は張飛《ちょうひ》などとともに出発したが、

「あとは、おまかせする」

と、荊州諸郡の行政をも関羽にあずけた。戦いとなれば、まっさきに関羽をつれてゆきたいところであるが、荊州諸郡に行政的なにらみをきかせるとなれば、性情と思考がまっすぐな張飛ではむりだ、と判断したためそういう処断をした。

劉璋との戦いは一年半ほどつづき、ついに劉璋は首都である成都《せいと》の城を開いて降伏した。城をうけとる側に立った劉備は、劉璋の屈辱感をぬぐうべく、簡雍《かんよう》を城内に送りこんで話をさせた。すっかり簡雍を気にいった劉璋は、おなじ輿《こし》に乗って、城をでたのである。簡雍は、座談のうまさだけではなく、その人柄《ひとがら》が人の心をなごませるのであろう。

なにはともあれ、劉備は広大な益州の北部を取った。

ほぼ同時に、関羽は荊州の実質的な支配者となった。

その事実に憤慨《ふんがい》したのが、呉の孫権である。

「益州を得たのなら、荊州を返せ」

と、ごねた。関羽だけでなく劉備もその要求を拒絶した。

関羽はこの世でもっとも嫌いなのは、孫権である。

そもそも荊州の支配権は、劉表から長男の劉琦《りゅうき》（江夏《こうか》太守）にさずけられ、劉琦から劉備へ譲渡された、というのが関羽の認識である。しかるに孫権は、荊州はわがものである、と主張した。唾棄《だき》すべきわきまえのなさといってよい。そこで劉備が孫権をなだめるために会

見にゆき、荊州借用というかたちをとったものの、帰ってきた劉備は孫権のいやみにふれたせいで、

「あの人には、二度と会いたくない」

と、いった。関羽はその嫌悪感を共有した。

——あんなやつに、荊州を渡せるか。

関羽は甲《よろい》に手をかけ、くるならこい、という構えを示した。話し合いの余地などない。はたして呉軍は荊州に侵入した。呂蒙《りょもう》が将帥《しょうすい》となり、長沙《ちょうさ》、零陵《れいりょう》、桂陽《けいよう》の三郡を奪取した。

関羽の危急を知った劉備は五万の兵を率いて駆けつけ、迎撃の陣を布《し》いて、関羽を長沙郡の益陽《えきよう》まですすませた。そこに呉将の魯粛《ろしゅく》が駐屯していた。両者は対峙《たいじ》することになった。

魯粛は呉の群臣のなかでも壮図《そうと》をもち、うすぎたない策を弄《ろう》する人ではない。

——ここで呉と蜀が争っていては、曹操のおもうつぼだ。

と、考える魯粛は、二国の抗争の愚かさがわかっているだけに、関羽と戦わないでこの事態をおさめたかった。そういうときに、関羽は劉備からの急使をうけて、

「和睦《わぼく》する、なにゆえに」

と、眉《まゆ》をあげた。曹操がみずから軍を率いて益州の北部を侵《おか》したという。劉備はいそいで益州にもどらなければならない。

「やむなし」

関羽は劉備とともに呉将を相手に会見の席についた。湘水《しょうすい》を境に荊州を二分する案にしぶ

しぶ同意した。関羽が治める郡は、南《なん》郡、零陵郡、武陵《ぶりょう》郡という三郡に縮小した。ただし南郡がもっとも重要な郡なので、それが残ったことを、よしとした。

益州に帰った劉備は、北端の漢中《かんちゅう》郡を失ったため、三年後、漢中郡へ軍をすすめ、魏《ぎ》将の夏侯淵《かこうえん》と攻防戦をおこない、年を越してついに夏侯淵を倒した。おどろいた曹操がまたしても軍を率いて漢中をとりもどしにきたが、劉備は堅守をつづけ、曹操をしりぞけた。この快挙に群臣はわきたち、劉備をさらに上へもちあげて漢中王とした。劉備は五十九歳であり、関羽は六十歳である。

南郡にいる関羽は前《ぜん》将軍に叙任《じょにん》され、節鉞《せつえつ》を与えられた。節鉞は、なんじの思い通りにしてよい、という特別許可証のようなものである。

——それなら、南陽《なんよう》郡を取ってやる。

荊州のなかでもっとも肥沃《ひよく》であるのは、南郡の北隣にある南陽郡である。その郡は曹操の版図《はんと》にあるので、攻め取っても、呉の君臣から非難されることはない。

いま南陽郡は樊《はん》城にいる曹仁《そうじん》が治めている。樊城さえ落とせば、南陽郡の征服はたやすい。

そのまえに、関羽の豪気を後世に知らしめた有名すぎる逸話を書いておかねばなるまい。

関羽の左肘《ひじ》は曇天と雨天のときにかならず疼《うず》いた。医者はこういった。

「あなたさまが左肘にうけた矢の先には、毒がぬってあり、その毒が骨にはいっています。肘を切り裂き、骨をけずって毒をとれば、痛みを除《のぞ》くことができます」

「わかった、すぐに、やってくれ」

関羽は肘を伸ばした。手術をうけたのである。なんとそのとき、諸将を招いて飲食しているさなかであった。肘からながれでた血は盤《ばん》に満ちたが、関羽は炙《しゃ》（あぶり肉）を割《さ》き、酒を引き寄せ、談笑して自若《じじゃく》としていた。それを目撃した諸将が大いに驚嘆したことはいうまでもない。

さて、関羽がひそかに北伐の準備をすすめているときに、孫権の使者がきた。

「あなたの女《むすめ》を、わが子のために娶りたいが、どうであろうか」

孫権に人をおもいやる善意があろうはずがないとおもっている関羽は、ばかも休み休みいえ、という態度で、使者を追いかえした。ところで関羽に女子がいたとすれば、それは最初の妻が産んだ子ではあるまい。

呉の使者がかえったあと、関羽は、孫権の甘い誘いには陰険なたくらみがあるにちがいないとおもい、

「呂蒙は、どうしているか」

と、関平に問うた。呂蒙は孫権のしたたかさを学び、関羽支配の諸郡をねらっている。

「病がちのようですが……」

たとえ病がちであっても、行動をおこさないとはかぎらない。そこで、出発するまえに、南郡太守の麋芳《びほう》と江水南岸の公安《こうあん》に駐屯している将軍の士仁《しじん》に、

「呂蒙から目をはなすな」

と、いいつけた。北へむかうまえに関羽は湘水近くに設けられた呉の倉庫から、無断で食

料を運びだした。これは荊州の三郡を理不尽《りふじん》に奪った孫権への腹癒《はらい》せといってよい。ただしこの行為は、孫権の怒りを煽《あお》ったといえなくない。

漢水《かんすい》にそってほぼまっすぐに北上した関羽軍は、樊城を包囲した。ほどなく南郡から報《しら》せがあり、呂蒙は病が篤《あつ》くなり呉都へ帰った、と知った。

「それなら、国境の警備に多くの兵は要《い》らぬ。こちらによこせ」

と、関羽は命じた。呂蒙の帰京が、関羽をあざむく呉の君臣の陰謀の開始であった。戦陣にいる関羽はそれを察知できなかった。

樊城の陥落を恐れた曹操は、于禁《うきん》に七軍を督率《とくそつ》させて救援にむかわせた。が、天は関羽に味方した。たいそうな長雨となり、漢水が氾濫《はんらん》して、船の用意をおこたった于禁の七軍は水没した。于禁は関羽に捕らわれた。

この大勝によって関羽の威勢は中原《ちゅうげん》をも震《ふる》わせ、おびえた曹操は遷都まで考えた。が、遷都に反対した司馬懿《しばい》と蔣済《しょうせい》の意見を容《い》れた曹操は、再度発する救援軍の指麾《しき》を徐晃《じょこう》にまかせた。

夢は未来を暗示するときがある。不吉な夢をみた関羽は、関平にだけ、

「われは老いた。もはや帰れぬかもしれぬ」

と、弱音《よわね》を吐き、この子をどうしたものか、と迷いをみせた。関平は四十二歳である。けっして若いとはいえないが、このさきの春秋をここで閉じさせてよいものか。

めずらしい父の迷いを観《み》た関平は、

「帰れなければ、行けばよいではありませんか。わたしはどこまでも父上のお従《とも》をします」

と、湿《しめ》りのない声で答えた。

はたして関羽は徐晃に負けた。

撤退をはじめた関羽軍に凶報がもたらされた。

「すでに江陵《こうりょう》は、呂蒙に占拠されております」

いちど呉都に帰った呂蒙は、兵に商人のかっこうをさせて船底にひそませ、警備兵がすくなくなった国境を突破して、南郡と江陵を守る麋芳を誘引《ゆういん》し、公安の士仁を捕らえた。関羽は下の者に厳しくはないが、麋芳の勤務ぶりにはゆるみがあり、それを叱《しか》ったことがあり、またこのたびの北伐への補給にもぬかりがあったので、

「帰ったら、軍法によって裁《さば》かねばなるまい」

と、関羽がもらしたことばが、麋芳に伝わったため、恐怖をおぼえたかれが呂蒙に通じたともいわれる。

とにかく関羽軍のなかにうわさが拡《ひろ》がった。江陵とその近隣の県に妻子を残してきた兵は、人質をとられたかたちになったので、つぎつぎに脱走し、一両日のあいだに関羽軍は大半の兵を失った。残った寡兵《かへい》をながめた関羽は、

「それほど荊州が欲しければ堂々と戦えばよいのに、空き家にはいりこんだ豺狼《さいろう》にひとしいとは……、呂蒙は、呂布のみじめな末期を知らぬとみえる」

と、さびしく笑った。

当陽《とうよう》をすぎて麦城《ばくじょう》にはいった関羽は、北上してくる呉軍のようすを瞰《み》た。呉軍は増える一方である。包囲陣が重厚になれば、絞《し》め殺《ころ》されるかたちになってしまう。すでに劉備にむけて急使を発《た》たせたが、ここでひと月籠城しても、益州からくる救援兵がまにあうとはおもわれない。

「こういうときに、主はすぐに城を棄《す》てたものよ」

昔を憶《おも》いだして笑いながらそういった関羽は、関平と左右の者に命じて、多くの旗と人形を立てさせた。敵兵にそれをみせておいて、関羽はひそかに麦城をでた。従う騎兵は関平と十余騎のみである。

関羽は呉の将士をだしぬいたつもりであったが、孫権は関羽がかならず益州にはいる道を逃走すると予想していた。そこで属将の朱然《しゅぜん》と潘璋《はんしょう》に、

「先まわりをして、退路を断て」

と、命じておいた。

この二将は、麦城の西に沮水《しょすい》という川がながれているのをみて、

「この川に沿《そ》って関羽は走り、益州にのがれるつもりであろう」

と、話し合い、臨沮《りんしょ》という地まですすんで陣を布いた。

じつのところ、関羽はその二将に前途をふさがれても、活路がひらけたかもしれないのである。沮水の上流から遠くないところに、蜀将の劉封《りゅうほう》と孟達《もうたつ》がいたのである。関羽は樊城を攻めているあいだに、ふたりに使いをだして自軍に加わるように要請していた。が、ふたり

は、

——関羽に大功を樹《た》てさせるだけだ。

と、おもったのであろう。あれこれ理由をつけてそれに応じなかった。

孟達はもとは劉璋の臣であったから、劉備への忠誠は薄かったであろうが、劉封は劉備の養子である。養父の関羽へのなみなみならぬ深情《しんじょう》を理解していれば、沮水の中流域までくだって呉の二将の陣をうしろから急襲して、関羽を救助できたにちがいないのである。それをしなかった劉封は、あとで劉備の激怒によって死ぬことになる。

晩冬《ばんとう》の風がながれる臨沮にさしかかった関羽は、林立する呉軍の旗を看《み》て、

「平よ、あの世で会おう」

と、ふりかえらずにいい、突進していった。

関羽と関平は、夾石《きょうせき》という地で、潘璋の司馬《しば》である馬忠《ばちゅう》に討たれた。『三国志』の「関羽伝」には、斬《ざん》、とあるので、いきなり斬殺されたようにおもわれるが、「孫権伝」には、獲《かく》、とあるので、いちど捕獲されたあとに斬られたのかもしれない。

孫権の狡賢《ずるがしこ》さはこのあとにも発揮された。関羽の首を、曹操に送ったのである。これはどういうことかというと、

「もともと関羽を討てと指図なさったのはあなたであり、わたしはその指図に従ったまでです」

と、天下に知らしめようとしたのである。

が、曹操はその悪計をきれいに払った。関羽の首をうけとった曹操は、諸侯の礼によって埋葬をおこなった。これによって両者の器量のちがいを天下の人々が知ることになった。

張飛

ちょうひ

関羽《かんう》とならぶ勇猛さを天下に示した張飛《ちょうひ》の面貌《めんぼう》とは、どのようであったのか。

その行動がきわめて勁直《けいちょく》であったと想像できるため、かれの面貌は、後世の講談、演劇、通俗小説（演義《えんぎ》）などによって、実像からかけはなされてしまったかもしれない。

たとえば、通俗小説のひとつである『三国志平話《さんごくしへいわ》』では、

「豹頭環眼《ひょうとうかんがん》、燕頷虎鬚《えんがんこしゅ》」

と、表現されている。豹のような頭、環《まる》い眼、燕《つばめ》のようなあご、虎のようなあごひげ、をもっていたことになる。しかしながらその表現には真実味がとぼしい。なぜなら貴人の相《そう》をいうとき、

「燕頷虎頭《ことう》」

という表現が常套的《じょうとう》にあり、張飛が幽《ゆう》州の涿《たく》県のような、中原《ちゅうげん》から遠い地から出たのに、尊貴な地位を得たことで、観相《かんそう》用語に寄せられたのであろう。人相に関するわずかな手がかりは、眉目《びもく》と鼻梁《びりょう》にあるのではあるまいか。じつは張飛には二女があり、その姉妹はそろって蜀《しょく》の後宮にはいり、まず姉が、劉備《りゅうび》の子の劉禅《りゅうぜん》の后《きさき》となった。この姉が逝去《せいきょ》したあと、妹

が后となった。ふたりが皇后になったという事実から考えられることは、ふたりとも婉麗《えんれい》であったはずであり、その眉目と鼻梁が父ゆずりであれば、張飛の面貌は戯画《ぎが》化されにくいととのいをみせていたと想像するのが自然であろう。

張飛の実家からさほど遠くないところに、男気《おとこぎ》を発揮して少年たちを手なずけている劉備がいた。一家の次男、三男などは、鬱屈《うっくつ》をかかえ、世を拗《す》ねている者が多い。若い劉備はそういう者たちに人気があった。張飛は不平や不満をならべたてる日常生活にいたわけではないが、若者をひきつける劉備に会い、その人格のなかにあるおもしろさに気づいて、敬愛するようになった。

あるとき劉備は、

「憬《あこが》れが、人を育てるのだ」

と、いった。張飛に教えたというより、自身のことをいったのであろう。だいぶあとになって、劉備は漢《かん》王朝の高祖《こうそ》である劉邦《りゅうほう》にあこがれていたことがわかったが、張飛には憬れがなかった。

が、黄巾《こうきん》の乱が勃発《ぼっぱつ》するまえの年に、他の州から幽州にながれてきた関羽が劉備の家にはいったことで、張飛の意識が変わった。

風霜《ふうそう》を耐えてきたとおもわれる関羽という謎を秘めた異質の人物に、精神的な大人《おとな》を感じた。関羽にくらべると、劉備でさえ未成熟にみえる。張飛はすぐに関羽を、兄《けい》、とよんで実の弟のように仕えた。関羽にたいする心情こそ、成人まぢかの張飛がいだいた憬れであったかもしれない。その点、劉備がいったことは正しかった。人をおもいやる心が生じた。

翌年、黄巾の勢力が幽州でもとめどなく強大になって、その大兵《たいへい》に州府が襲われたと涿県の人々が知ったとき、張飛はまっさきに関羽に会った。

「涿県の人もつぎつぎに黄巾に加わっている。兄はどうするのか、きかせてもらいたい」

黄巾の徒《と》は、もとは太平道《たいへいどう》という宗教を信仰する者たちで、政府の支配がおよばないところで自立するという意志が、反政府運動に発展した。宦官《かんがん》どもが皇帝をあやつっている王朝の腐敗ぶりに苦しむ民衆は、黄巾の蜂起《ほうき》を喜び、それに加担する者が増えつづけた。そのことによって、黄巾の乱は民衆の革命運動に質を変えた。

張飛は、仁政《じんせい》のかけらもないいまの政治と制度に、関羽が反感をいだいているにちがいない、とうすうす感じていたので、

――まもなくここを去って、黄巾に加わるのではないか。

と、恐れたのである。

「さて、どうするか」

そういった関羽の表情を、張飛は固唾《かたず》をのんで見守った。

――おや。

沈思《ちんし》しているようにみえる関羽の目が、めずらしく微笑しているではないか。ほどなく関羽の唇《くち》が動いた。

「黄巾の軍が政府軍を大破しつづけて洛陽《らくよう》にはいり、宮殿を焼き、皇帝を殺したとしよう。

そのあとかれらは冀州《きしゅう》にいる教祖を迎えて、なにをするだろうか。それまでかれらがやったことといえば、破壊、掠奪《りゃくだつ》、人殺しで、いちどたりとも生産をおこなっていない。至尊《しそん》の席に即《つ》く教祖は、州郡のすべての民を信徒にして、全財産を献上させたところで、組織の運営は百日未満で破綻《はたん》しよう。だいいち、人民の味方と称しながら、黄巾がここにきたら、かれらはここの住民を蹂躙《じゅうりん》して、食料と家畜を奪うだけだ。弱い者の保護など、けっしてしない。だから、われは黄巾には加担しない。黄巾と戦うか、さもなければ避難する」

「へえ、兄が、逃げる――」

張飛は悲しげに関羽をみつめた。

「死なないために、どうするか。なんじも考えておくことだ」

「わたしは、兄が逃げるのをみたくない」

「わからぬ男よ。狼の群れに理を説《と》いたところで、食い殺されるだけだ。ほんとうの勇気は、正義の道の上で発揮するべきで、その道がないのなら、おのれを匿《かく》しておくがよい」

張飛はふくれ面《つら》をして、関羽を睨《にら》んだ。が、このあと、劉備が州郡の募集に応じて、義勇兵として立つと知るや、張飛は勇躍《ゆうやく》した。出発する劉備の右に、関羽がいたからである。ほどなく官軍の一兵卒となった張飛は、武術を習ったことがないのに、矛《ほこ》をやすやすとつかいこなした。

黄巾の兵とぶつかってみて、戦いかたに智慧《ちえ》がついた。矛は柄《え》の長いほうが有利であることはわかっていても、矛先がさがるほど柄が長く重いと、なんの役にも立たない武器になってしまう。張飛は関羽との力くらべで負けたことがあるものの、その膂力《りょりょく》は超絶している。人がつかえない長い柄の矛をふりまわすことさえできた。

戦場にあらわれた張飛の矛は、ひとふりで、数人をなぎ倒した。

驚異的な勁《つよ》さを発揮する関羽と張飛は、一騎当千《いっきとうせん》どころか、のちに一万の兵に匹敵するまでいわれるようになる。このふたりを陣頭に立てた劉備は、兵書を読んだことがないのに、独特な勘《かん》があるのか用兵にそつがなかった。それをみた関羽が、

「なるほど、血胤《けついん》か。将の器《うつわ》だ」

と、称《ほ》めた。張飛も同感であった。かつて劉備は自分の先祖は漢の皇帝だといっていたが、妄《うそ》ではなかった、と張飛は実感した。

なにはともあれ、劉備らが属している官軍は黄巾の大軍に勝った。

この年のうちに、教祖の張角《ちょうかく》が病死し、皇甫嵩《こうほすう》という名将が官軍を率いて、張角の弟たちを倒したこともあって、黄巾の乱はひとまずしずまった。しかしこの乱は、全土に激烈な擾乱《じょうらん》を生じさせ、州郡の兵の弱体をあらわにさせたので、各地では自衛の意識が高まった。それが群雄割拠《ぐんゆうかっきょ》の下地《したじ》となった。

また、生き残った黄巾の徒は地下にもぐって、ふたたび地上にでる時機をうかがった。

全土でそういう不安定な状況が五年ほどつづき、帝都の内外で大規模な政変が起こって皇帝の威権が崩壊したとなれば、群雄はつぎつぎに自立しはじめた。

劉備、関羽、張飛らは、時勢の大波に翻弄《ほんろう》されるかたちで、浮沈をくりかえした。劉備が

官途に就《つ》いたり、はずれたりしたからである。

黄巾の乱があった年からかぞえて七年後に、劉備は旧誼《きゅうぎ》のある公孫瓚《こうそんさん》の意向をうけて、平《へい》原相《げんしょう》になった。おなじ幽州出身の公孫瓚は、独自に支配圏を拡《ひろ》げつつあり、劉備はその圏の端《はし》にいた。

ふつう相は郡の太守《たいしゅ》と同格である。

しかしながら平原があるのは青《せい》州の内であり、青州は地上にあらわれた黄巾の徒が猛威をふるいはじめた地である。多くの私兵をもっているわけではない劉備は、氾濫《はんらん》しはじめた川にあって大きくない船で浮かんでいるようなものであった。

張飛は関羽とふたりだけになると、

「属吏《ぞくり》のなかに黄巾に通じている者がいれば、主《しゅ》は暗殺されかねない」

と、低い声でいった。主とは劉備のことである。このとき関羽と張飛は別部《べつぶ》司馬《しば》に任命されている。別働隊の長といったところであろう。

「夜間の衛兵も信用ならない、ということか」

関羽は眉《まゆ》をひそめた。劉備が義勇兵として起《た》ってからここまで付き従ってきた者はわずかしかいない。劉備の祖父の劉雄《りゅうゆう》はよくできた人であったらしく、すぐれた孝心が認められて孝廉《こうれん》に推挙されたあと、東《とう》郡にある范《はん》県の令《れい》となった。が、東郡は青州の内にはなく、隣接する兗《えん》州にある。つまり青州は劉備にとって縁もゆかりもない地なのである。

しかしながら、劉備はめずらしいほど猜疑《さいぎ》心のない人で、昨日までまったく知らなかった属吏に、今日は気軽に声をかけて接するようなことを平気でしている。それが劉備の美質といえないことはないが、この険悪な世情《せじよう》では、

——用心がなさすぎる。

と、張飛は不安をおぼえた。張飛は剛直にみえるが、心づかいに繊細《せんさい》さをもちあわせている。えたいのしれない衛兵に警備をさせたくないとおもった張飛は、

「わたしが警護に立ちます」

と、いった。瞠目《どうもく》した関羽は、すぐに目を細めて、

「なんじは忠心《ちゆうしん》そのものだな。よかろうよ。なんじだけにまかせるわけにはいかぬ。われもつきあおう」

と、いった。この夜、ふたりは衛兵として劉備の宿舎のまえに立った。

黎明《れいめい》になって、からだを起こした劉備が、宿舎の外にでたとたん、関羽と張飛をみて、

「やあ、なんじらは早起きだな。せっかくだから、朝食をともに摂《と》ろう」

と、にこやかにいった。直後に、あたりに衛兵がいないことに気づいて、熱いものがこみあげてきた。

——このふたりは、夜露《よつゆ》に濡《ぬ》れて、通夜、われを護《まも》ってくれていたのだ。

この程度のことがわからぬほど劉備は魯鈍《ろどん》ではない。ふたりを舎内にいれて、三人で朝食を食べた。ふたりが去ったあと、属吏を呼び、

「牀《しよう》をふたつ、舎内に運びいれよ」

と、命じた。夜になると、関羽と張飛が舎外に立った。いきなり戸をあけた劉備は、

「警護なら、もっと近いところでやってくれ」

と、とまどうふたりをなかにいれた。関羽と張飛のための牀が劉備のそれにならんで置かれている。それをみた張飛は声を挙《あ》げて感激した。関羽はあえて感情の色をださないためか、

「いまや、戦場でないところは、ありませんからな」

と、淡々といったが、劉備の磊落《らいらく》さに打たれた。

——いまの世に、めずらしい人だ。

劉備の近くにいると、人を疑うことが阿呆《あほ》らしくなる。劉備にはそういう世界を現出させる力があることに、関羽は気づいた。

しかしながら、張飛の心配はまんざら無意味ではなかった。

劉備《りゅうび》を殺したがっている者が、この平原《へいげん》にいた。

劉子平《りゅうしへい》が、その人である。黄巾《こうきん》の徒ではない。戦友のひとり、といってよい。

三年まえに、幽《ゆう》州の張純《ちょうじゅん》という者が叛乱を起こした。張純は烏桓《うがん》（烏丸《うがん》）の実力者である丘力居《きゅうりききょ》を誘って、広陽《こうよう》郡の中心地である薊《けい》のあたりを荒らしまわった。その際、公孫瓚《こうそんさん》も張純と戦ったが、丘力居の軍に包囲されて、いのちを落としそうになった。幽州牧《ぼく》であった劉《りゅう》虞《ぐ》は困りはてて、青《せい》州刺史《しし》に援助を求めた。詔《しょう》（皇帝の命令）を承《う》けた青州刺史は、州従事《じゅうじ》

をつかわして張純を討たせようとした。その軍が平原をすぎるとき、地元の劉子平が劉備を推薦《すいせん》して、ともに従軍したのである。そのときの戦いでは、劉備はあっけなく負傷して動けなくなったので、死んだふりをして難をのがれるという体《てい》たらくであった。劉子平らは劉備を車に載《の》せて戦場をあとにしたが、

——なさけないやつ。

と、すっかり劉子平は劉備を軽蔑した。

ところが、である。

そのなさけなかった劉備が、平原相《しょう》となったのである。

——こんなにはずかしいことがあろうか。

劉子平は平原の民であることを恥じた。その恥心《ちしん》が昂《こう》じて、劉備を殺すことを考えた。かれは食客《しょっかく》をかかえている。とくに剣術にすぐれた客に、

「劉備を殺してほしい」

と、たのんだ。個人の怨みによるものではない。あのような懦弱《だじゃく》な統治者に仕える官民がかわいそうであり、平原を守ってもらえそうな強い将に替《か》わってもらう必要がある。そのために劉備を刺殺《しさつ》してもらいたい。それをきいた客は、

「わかった。まず、ようすをみたい」

と、いい、劉子平に牛酒《ぎゅうしゅ》を用意してもらい、衙《が》（役所）へ行った。牛を曳《ひ》いて行ったわけではない。牛肉と酒を持参したのである。

「劉子平の代人として、祝辞を述べにきた者です。相にお目にかかりたい」

吏人の報告をうけた関羽《かんう》と張飛《ちょうひ》が応接をおこなった。ふたりは劉子平を知っている。が、眼前の男をかつてみたことがないので、

「劉子平どのは、どうなさった」

と、問うた。

「体調がすぐれず、自身では参れぬということです」

関羽と張飛は目くばせをした。

「わかりました。劉子平どのにはお世話になったので、すぐにお会わせします。ただし、剣をあずからせてもらいます」

と、張飛がいった。

「どうぞ――」

刺客は剣をわたした。が、懐《ふところ》には匕首《ひしゅ》がある。

政務室に近い応接室に、張飛が男を案内し、関羽がじかに劉備に事情を告げた。その際、

「目くばりが尋常ではないので、刺客かもしれません」

と、用心をうながした。

「劉子平が、刺客を――。なぜ、われを殺そうとする」

「わかりません。とにかく、主と客のあいだに、張飛を坐らせます」

「無用の用心よ」

笑声を放ちながら応接室にはいった劉備は、いきなりくだけた口調で客と話しはじめた。そのうち、客の応答のなかにふくまれる見識に感心した劉備は、

「せっかくの牛酒だ。あなたの話はおもしろいので、いっしょに牛酒を楽しみながら、つづきをきかせてもらいたい」

と、官舎に席をもうけさせた。刺客である男は、劉備がすこしも威張らないどころか、自身の欠点をあけすけにいいつつ、客をもてなす心を忘れていないことに、いたく感心した。

——懦弱な人ではない。

それどころか、劉子平とは人としての格がちがう、とわかった。また、近くに坐っている関羽と張飛にはすきがなく、とても劉備を殺せない。というより、殺したくなくなった。そこで、おもむろに懐に手をいれた刺客は、匕首を張飛の膝《ひざ》もとに置いた。

おもわず身構えた張飛は、嚇《かっ》と刺客を睨《にら》んだ。が、刺客は平然と劉備に目をむけて、

「飼い主にけしかけられた犬は、帝堯《ぎょう》のような聖王にも、吠えて嚙《か》みつきます。が、犬にも賢愚《けんぐ》があります。賢《かしこ》い犬は愚かな飼い主のいいつけにそむくことがあるのです。あなたさまにもてなされたことは、わたしの一生のなかで至上の時間となることでしょう」

と、いって、頓首《とんしゅ》すると、匕首をそのままにして退室した。

残された匕首を張飛からわたされた劉備は、刃を指でさわり、

「惜しい男だ。われが客にしたかった」

と、残念がった。

このあと劉備は自分を殺そうとした劉子平をとがめることをしなかった。関羽と張飛には、

「なんじらがいれば、犬どころか、虎さえ近づかぬであろう」

と、いい、小吏《しょうり》にも気軽に声をかけ、特別な膳を作らせず、官吏とおなじ物を食べた。劉備は仲間意識を育てる術に長じていた。主従という上下には情誼《じょうぎ》が通いにくいが、仲間となれば、友情が生じる。劉備が人心を収斂《しゅうれん》するやりかたとはつねにそうであり、戦場にあっては、兵をつかうというより、みずから兵とともに戦うため、理知的な用兵とか兵法はほぼ不要であった。


ところで公孫瓚によって青州刺史に任ぜられたのが、田楷《でんかい》である。かれはこの戦乱の時代にあって目立った存在ではないが、良将のひとりであるといってよい。

破竹の勢いであった公孫瓚も、冀《き》州の支配者になりつつある袁紹《えんしょう》との戦いに敗れて、勢力を縮小した。その機に乗じて袁紹は青州を取ろうとした。数万の袁紹軍が青州に寄せたが、田楷は敗退せず、青州を守りぬいた。むろん劉備も田楷を助けて冀州兵を撃退した。袁紹は長男の袁譚《えんたん》を青州刺史に任じて田楷に戦いを挑《いど》ませたが、破れて、引き返した。


公孫瓚からの援助がとだえているのに、公孫瓚のために死力を尽くしている田楷について、張飛は、

「みごとな人だが、そろそろ独立すればよい。公孫瓚は袁紹を恐れて幽州からでないだろうから、主も田楷とともに放棄《ほうき》されたも同然だ」

と、関羽にむかっていった。

「それはそうなのだが……」

張飛は速断してすぐさま実行する性質なので、それが吉《よ》い結果をもたらす場合とそうでない場合がある。ものごとの表面をみて、裏面をみないのは、短慮ともいえるが、性癖《せいへき》がそうさせるといったほうがよいであろう。田楷は用兵にすぐれて、青州を保っているので、つながりの弱くなった公孫瓚から離れてしまったほうがよい、というのは、表面をみただけの判断にすぎない。もしも田楷が青州で独立すれば、公孫瓚から貸与《たいよ》されている幽州兵はいっせいに引き揚げ、兵の大半を失うであろう。張飛はそこをみない、と関羽は内心舌打ちをした。

「袁氏の父子との長い戦いで、われらに兵糧《ひょうろう》がなくなった。よけいなことを考えず、食料を捜せ」

と、関羽は張飛を叱《しか》るようにいった。

実際、劉備は田楷とともに移動し、州内を北上した。食料捜しのためといってよい。

こういうときに、徐《じょ》州から田楷のもとに急使がきた。さっそく田楷は劉備を招き、

「徐州牧の陶謙《とうけん》が援《たす》けを求めている。兗《えん》州の曹操《そうそう》に攻められて苦戦をしているとのことだ。貴殿は、どう考えるか」

と、問うた。劉備は、

「渡りに船ではありませんか」

とは、いわない。徐州へゆけば、飢《う》えをまぬかれる。ただし、そうすれば、青州を放置することになる。田楷は公孫瓚から譴責《けんせき》されることになろう。が、背に腹はかえられない。そ

れは田楷もわかっているにちがいない。

「困窮者を救うのは、義です。その声を大にして、徐州へゆくべきです」

都合のよいことに、曹操と袁紹は同盟している。公孫瓚の敵が袁紹であれば、曹操も敵になるので、田楷が陶謙を援助して曹操と戦うことは、公孫瓚のためにもなる。劉備は田楷が嫌いではないので、かれのために公孫瓚へのいいわけを美化しておきたい。その深意を汲《く》みとった田楷は、

「よし、ゆこう」

と、決断し、起《た》った。

この決定を、張飛は手を拍《う》って喜んだが、あらためて劉備の近くを観《み》て、

「援兵にしてはみすぼらしい」

と、いった。劉備が手足のごとくつかえる私兵は千余人しかいない。それに公孫瓚から与えられた幽州の異民族の兵を加えても、三千に満たない。

――これでは陶謙にみさげられよう。

そうおもった張飛は、馬で走りまわった。

「飢えている者は、平原相に従え。徐州牧を援助にゆく。徐州へゆけば、たらふく食えるぞ」

張飛は貧家のなかまではいって、呼ばわっては、強引に人数を集めた。これは張飛ひとりがやったことではなく、劉備の私兵もちらばって、飢えた者たちを収容して兵にしたてた。

結果、集めた人数は数千となった。かれらは武器をもって戦ったことなど、いちどもない平民であるが、いやでも劉備に従わねばならぬほど、食料難にあえいでいた。

この見栄《みば》えのしない軍は、徐州にはいって南下し、東海郡《とうかい》の郯県《たん》に到着した。陶謙はそこにいた。

陶謙は人への好悪の烈しい人であるが、田楷と劉備の参着を大いに喜び、とくに劉備が気にいったらしく、四千の丹楊兵《たんよう》を劉備軍に加えた。丹楊は江水《こうすい》の南にあり、陶謙の出身郡である。陶謙は名門嫌いであるから、その点からも驕《おご》りをみせない劉備に好感をいだいたかもしれない。ほかに考えられることは、陶謙はかつて幽州刺史に就任したことがあり、幽州あるいは幽州出身の者にたいして良い懐《おも》いがあったためではあるまいか。

四月、曹操軍がきた。

昨年の秋から冬にかけて州民を数十万人も殺し、鶏《にわとり》と犬さえ残らず殺したという軍である。今年も徐州にはいり、東海郡に侵入すると、東進しつつ五城を陥落させて、郯城に迫ってきた。

劉備は曹豹《そうほう》とともに郯城の東に布陣した。曹豹は陶謙の腹心の将である。

曹操軍は郯城をいきなりは攻めず、旋回するかたちで、その迎撃《げいげき》の陣を襲った。

張飛は多くの戦場を踏んできたが、曹操軍と戦うのはこれがはじめてであり、その攻撃の苛烈《かれつ》さは、ほかの敵軍とくらべるまでもなく、超絶していた。

にわかじたての兵はまたたくまに霧散《むさん》した。が、関羽と張飛を陣頭に立てた劉備の私兵は、数千の敵兵をみてもたじろがず、奮闘した。

張飛は配下の兵を忘れたかのように、独《ひと》りで暴れまわった。曹操麾下《きか》の兵がめずらしく張飛の勁強《けいきょう》さを畏《おそ》れた。張飛は独りで曹操軍の進撃をしばらく止めたといってよい。ところが、張飛を嚇怒《かくど》させたのは、曹豹軍の戦意のなさである。その軍は、戦うまえから腰がひけており、いちど敵と戈矛《かぼう》をまじえただけで退却した。そのため迎撃の陣は崩潰《ほうかい》した。

「腰ぬけ将軍め」

張飛は曹豹を罵倒《ばとう》した。迎撃の陣の主力がそのありさまでは、劉備軍がどれほど健闘しても勝てるはずがない。劉備は自軍の不利をみて、

「退こう」

と、左右にいい、鉦《かね》を打たせて配下の兵を郯城のなかに退避《たいひ》させた。後拒《こうきょ》をおこなった張飛はさいごに城門の内にはいると、どうにも腹の虫がおさまらず、曹豹を名指して、

「なんぞや、あのざまは――」

と、大声でののしった。それを伝え聞いた曹豹は怒気《どき》を放ち、

「戦陣での駆け引きを知らぬ猪突《ちょとつ》の阿呆《あほう》めが――」

と、張飛をこきおろした。ふたりの嫌悪のぶつかりあいはこのときからはじまった。

夏のあいだに、みずから兗州兵を率いて徐州攻略をおこなった曹操は、昨年、どうしても郯城を落とせなかったので、この年は、郯城を孤立させて涸《か》らすという策戦を立てた。東海郡いや徐州にあるすべての城を陥落させるということである。

郯城から離れた曹操軍は、旋回した勢いそのままに西行して、襄賁県《じょうほん》を攻略した。そこから北へすすむと琅邪国《ろうや》にはいる。敗報に接しつづけた陶謙は鬱然《うつぜん》と頭をかかえ、最悪の事態を想像した。徐州でひとつだけ残った郯城が敵軍に重厚に包囲されたあと、自身が曹操のまえにひきだされて、首を垂《た》れ、斬られる、という光景である。

「太尉《たいい》の位を銭で買ったような男の息子に、われはは ずかしめられるのか」

このつぶやきは苦《にが》い。

実際に霊帝《れい》という皇帝は、大量の銭を献じた者に三公九卿《こうけい》の位を与えた。曹操の父の曹嵩《そうすう》も、そういう手段で三公の位まで昇った。その曹嵩を陶謙の配下が殺したために、この災難がある。

夏の暑さもあいまって体調をくずした陶謙は、

「丹楊へ帰るしかあるまい。めだたぬように支度《したく》をしておけ」

と、弱い息で左右にいった。しかし、ある日、陶謙は風声《ふうせい》からいやなざわめきが消えたように感じられて、気分がよくなった。ほどなく側近が明るい表情で急報を告げにきた。

「曹操軍が引き揚げます」

「まことか」

事実であった。あとでわかったことであるが、呂布《りょふ》が兗州にはいり、諸城をほとんど落としたという。曹操は徐州を攻めているあいだに、呂布に兗州の大半を奪われたのである。

呂布は、霊帝の子である献帝《けん》を苦しめた董卓《とうたく》を討ったという大義を自慢するあまり、諸将に煙《けむ》たがられる存在である。が、その武威《ぶい》はめざましく、曹操と戦ってもひけをとらない。

そうであれば、今後、兗州の争奪戦はながびく。つまり曹操が徐州に兵馬をむけることは、当分の間、ないということである。

——丹楊に帰らずにすむ。

絶望の淵からはいあがったおもいの陶謙は、さっそくその吉報を諸将に告げて、喜びをともにした。そのあと劉備だけと語った。

「あなたの義俠心《ぎきょう》は、いつわりのないものであった。あなたが州の主《あるじ》となれば、州民をいたわり、州を守りぬけるであろう。われはあなたを豫《よ》州刺史に推挙し、上表をおこなうつもりである。小沛《しょうはい》に兵を駐屯させるのがよろしい」

と、いった。

袁家のような名門を嫌っている陶謙は、最初から袁紹を盟主とする東方諸侯連合に参加しなかった。その勢力に対抗すべく、天下の名将というべき皇甫《こうほ》嵩《すう》を奉戴《ほうたい》して第三勢力を形成すべく、皇甫嵩にはたらきかけたが、うまくいかなかった。が、陶謙は袁紹から無視されている献帝に確実につながることで、独自性を発揮した。そういう陶謙がおこなう上表であれば、かならず亨《とお》る。ということは、この時点で、劉備は正式に豫州刺史になったも同然である。豫州は大きな州で、広さは徐州の二倍近い。その豫州を劉備に平定させて、豫州と徐州の連合勢力を作る、というのが陶謙の構想である。ちなみに小沛、すなわち沛国のなかの沛県は、豫州の東北端に位置する。

「かたじけない」

劉備は陶謙の厚意を素直にうけた。かくしごとをしたくない劉備はすぐに田楷に会って委《い》細《さい》を告げた。田楷はいやな顔をせず、

「そうですか。それは祝わねばならない。あなたの豫州とこの徐州、それにわれの青州と公孫瓚の幽州が連携すれば、袁紹の冀州を圧する大勢力になります」

と、ことほいで、三日後に郯城を去った。おなじ日に小沛にむかった劉備の兵のなかで、張飛は関羽から、

「なんじの働きが、招いた運だ」

と、称《ほ》められたので、とびあがって喜んだ。


劉備《りゅうび》は運が吉《よ》いのか凶《わる》いのか、わからない人である。

せっかく小沛《しょうはい》を根拠にして豫《よ》州の平定を考えはじめたのに、連帯の相手である陶謙《とうけん》が病死してしまった。心労による死であるといってよいであろう。

陶謙の享年《きょうねん》は六十三であるから、当然、陶商《とうしょう》と陶応《とうおう》というふたりの子は四十代にちがいない。その兄弟のどちらかが徐《じょ》州牧《ぼく》を襲《つ》ぐにちがいないと劉備は遠くをながめていた。が、その遠くからやってきたのは、別駕《べつが》従事《じゅうじ》の糜《び》竺《じく》である。この篤実《とくじつ》な人物は、亡《な》くなるまえの陶謙から、

「劉備でなければ、この州を安んずることはできない」

と、いわれ、その遺命《いめい》を奉じて、劉備を迎えにきたのである。

——冗談ではない。

小沛のような辺邑《へんゆう》で小勢力を養っている場合とちがって、徐州をあずかれば、いきなり大難に直面する。徐州から遠くない九江郡《きゆうこう》の寿春《じゆしゆん》に袁術《えんじゆつ》という大物がはいったかぎり、徐州が狙われるのは火をみるよりもあきらかである。いっそ徐州を袁術に与えたらどうか、と劉備は尻ごみをした。が、劉備を徐州の宗主《そうしゆ》に推す声は、下邳《かひ》出身の陳登《ちんとう》や北海国《ほつかい》の相《しよう》である孔《こう》融《ゆう》からも揚がり、ついに劉備はことわりきれずに居を徐州の下邳に移して、陶謙の遺命を承《う》けた。

才覚のある陳登は、劉備のために、すぐさま使者を冀《き》州へ遣《や》って、劉備が徐州の主《あるじ》になったことを報告し、袁紹《えんしよう》から嘉《か》言《げん》をひきだした。この外交の効果は大きい。なぜなら袁紹が、

「劉玄徳《りゆうげんとく》（劉備）は弘雅《こうが》にして信義がある。いま、徐州が願って、かれを奉戴《ほうたい》することは、まことにわれの望みにそったことである」

と、いったかぎり、同盟の曹操《そうそう》が徐州に手をだせないことになったからである。背後を警戒せずにすむ劉備にとって、当面の敵は、南からくる袁術軍だけである。ところが、徐州に爆発力をもった異物がはいりこんできた。曹操に敗れた呂布《りよふ》である。兗《えん》州から東へ奔《はし》った呂布が劉備を頼ってきた。

曲がったことが嫌いな張飛《ちようひ》は、不快をあらわにして、

「あやつは恩《おん》を仇《あだ》でかえす男です。お会いになるなら、その席でとりおさえ、曹操に送りつけてやればよい」

と、劉備に口吻《こうふん》をむけた。もしもこの献言《けんげん》を容《い》れた劉備が会見の席で呂布を捕縛《ほばく》して曹操のもとへ檻送《かんそう》したら、歴史はずいぶん変わったものになっていたであろう。袁紹、曹操、劉備がしばらく連合するにちがいなく、おそらくのちの三国時代は出現しないか、あるいはちがう形態になったであろう。

だが、劉備は、

「敗者は、いたわってやるものだ」

と、いって、呂布に会った。このときの呂布はきみがわるいほど鄭重《ていちょう》で、あとで劉備は、

「気色《きしょく》の悪い男だ」

と、いった。

呂布は一年余のあいだ、おとなしくしていた。が、首をもたげたのは、袁術が軍旅を催して徐州攻めのために北上したと知ったときである。呂布はいちど袁術の下にいたことがある。

劉備はすぐさま袁術軍を迎え撃つために出発した。

本拠である下邳は、下邳国の首都であり、この国の相は曹豹《そうほう》である。曹豹は陶謙に信頼されていた将軍でもあるが、徐州を治めるようになってさほど年を経《へ》ていない劉備は、曹豹に下邳をまかせることに不安をいだき、

「飛よ、残れ」

と、いった。これまで劉備はどのような戦場にも関羽《かんう》と張飛を従えて臨《のぞ》んだが、このときだけは張飛を監視役として残留させた。たとえ曹豹が異心をいだいても、張飛であれば、相手にとりこまれることはけっしてない。

一瞬、張飛は不満顔をみせたが、すぐに、

「わかりました」

と、いって表情をあらためた。

下邳を発した劉備軍は、泗水《しすい》ぞいに南下し、淮水《わいすい》のほとりにおいて軍を分けて袁術軍を阻《そ》止《し》した。この対峙《たいじ》はひと月つづくのであるから、徐州兵は袁術の威圧によく堪《た》えたというべきである。

劉備を嘗《な》めきっている袁術は、徐州軍の手強《てごわ》さを認めたくなく、

「徐州の孺子《じゅし》は、けなげに戦ってはいるが、うしろから火焔《かえん》が迫ってくることを知るまい」

と、嗤笑《ししょう》した。すでに袁術は呂布に書翰《しょかん》を送り、

「二十万斛《こく》の米を送るから、起《た》つがよい」

と、挙兵をうながした。袁術は横着《おうちゃく》な人であり、自身が骨折るような仕事をしたことがない。人を頤《あご》でつかうのがつねであり、甘言《かんげん》をもって人を釣《つ》り、しかも約束は守らない。そういう袁術の狡猾《こうかつ》な性質を、呂布は知りながらも、ひそかに動きはじめた。

そのまえに下邳の城で内訌《ないこう》が生じた。

曹豹が袁術に通じようとした。袁術からのはたらきかけがあったわけではなく、徐州の宗

主が陶謙から劉備に替《か》わった時点で、おもしろくなかったにちがいない。病歿するまえの陶謙が自分の子を後継者にしないのなら、

「徐州は曹豹にまかせる」

と、いってくれるのではないか、と期待していたのかもしれない。が、実際にはそうはならなかったというくやしさが胸裡《きょうり》でくすぶりつづけ、袁術軍が徐州を攻め取ろうとしていると知るや、

――内通すれば、徐州を与えてもらえるのではないか。

と、おもい立ち、城を制圧するために、じゃまな張飛を殺そうとした。

張飛は暗殺されそうになった。が、曹豹の動きを怪しいと睨《にら》んだ張飛が機先を制した。曹豹のもとに直進した張飛は、

「なんじは徐州を敵に売るのか」

と、烈しくなじり、側近たちの白刃をはねのけ、曹豹を斬り殺した。直後に、城内では大乱闘になった。もともと陶謙の兵は丹楊《たんよう》出身者が主力を構成していたので、幽《ゆう》州兵にはなじめず、張飛に恫喝《どうかつ》されても抗戦をやめなかった。この城内での戦いは、張飛の勇猛さをもってしても、たやすくかれらを抑制《よくせい》することができなかった。なにしろ張飛が掌握している兵力は極端に寡《すく》なかった。それでも張飛が優位に立っていた。

丹楊兵を督率《とくそつ》していた中郎将《ちゅうろうしょう》の許耽《きょたん》は、窮地《きゅうち》に追い込まれそうになっていたが、呂布が動いたことを知り、

――これで死なずにすむ。

と、喜び、司馬《しば》の章誑《しょうきょう》をひそかに呂布のもとに遣るために、夜陰《やいん》を奔《はし》らせた。呂布と会った章誑は、城内の混乱ぶりを告げたあと、

「丹楊の千人の兵は西の城門である白門《はくもん》の内に駐屯しています。将軍が西門にむかわれたなら、かれらは即刻門を開いて将軍を迎え入れるでありましょう」

と、いった。

勇躍《ゆうやく》した呂布は夜中に進軍して、夜明けに城下に到着した。すっかり明るくなった時点で、その軍は開かれた門から城内になだれこんだ。

張飛はこのときまで呂布の隠秘《いんぴ》の動きをつかめず、不意を衝《つ》かれるかたちで、惨敗《ざんぱい》した。配下の兵は四分五裂し、張飛自身もかろうじて城外にのがれたという醜態《しゅうたい》であった。

「ああ、主のご妻子を、城内に残してきてしまった」

張飛は地に両膝《りょうひざ》をつき、両手から血がながれるほど地をたたいた。

このとき数騎が走り寄ってきた。矛《ほこ》に仗《よ》って身を起こした張飛に、馬を与えて、

「張将軍、どうぞこちらへ――」

と、隠《かく》れ家《が》までいざなったのは、麋芳《びほう》であった。麋芳は、徐州の別駕従事であった麋竺の弟である。

麋竺は官途に就いて栄進する必要のない大富豪である。召使いは一万人もいて、資産は巨《きょ》億《おく》もある。いつ熄《や》むかわからない戦渦《せんか》のなかに身を投じても、なんの得《とく》にもならない。それ

を承知で、陶謙を扶《たす》け、さらに小沛まで往って劉備を迎えた。

劉備が徐州牧になったあと、糜竺は弟の糜芳に、

「劉備ほどおもしろい人に遭《あ》ったことがない。どこにも欲《よく》がみあたらない。もしかしたら、帝堯《ぎょう》のような天下の治めかたをする人になるかもしれない」

と、いった。おそらく糜竺は陶謙の死後に官界から去ろうとしていたであろう。が、劉備に遭遇したことで、その決心がにぶった。むろん呂布のような私欲のかたまりのような男に従う気はさらさらない。そこで、劉備を陰助《いんじょ》することにした。張飛を助けたのも、そのひそかな気概《きがい》の片鱗《へんりん》である。

糜竺に会った張飛は、礼をいうまもなく、

「主のご妻子を奪い返さねば、主にあわせる顔がない」

と、いい、城に忍び込もうとした。

「まあ、お待ちなさい。城内の変事は、すでに玄徳さまにお報《しら》せしてあります。すこしようすをみましょう」

糜竺は張飛の軽挙妄動《けいきょもうどう》をいさめた。

前線にいて変報に接した劉備は、急遽《きゅうきょ》、兵を撤退させて、呂布と戦うべく下邳城へむかった。それを知った張飛は、糜氏の兄弟に、

「世話になった」

と、礼をいい、隠れ家を飛びだした。だが、張飛がみた劉備軍はみすぼらしかった。下邳

に到着するまえに兵が逃散《とうさん》していた。駆けつけた張飛は、劉備のまえで地にひたいをうちつけて詫《わ》びた。が、劉備は叱《しか》らず、

「なんじだけでも生きていてくれて、よかった」

と、いい、張飛を感泣《かんきゅう》させた。

——これでは呂布と戦うことはできぬ。

そうおもった劉備は、散らばった兵を集めて東進し、広陵《こうりょう》郡の広陵県に入って立《た》て籠《こ》もった。が、寡兵《かへい》の哀しさで、袁術軍に攻められて敗走した。こうなると、徐州で安全なところはない。北へ逃げて、広陵郡の最北端にある海西《かいせい》で息をひそめた。すでに広陵県にいたとき兵糧《ひょうろう》不足で苦しんでいた軍が海西にたどりついたときには、飢餓《きが》状態であった。袁術軍に攻められるまでもなく、全員が飢えて死ぬしかない軍であった。

が、劉備とはつくづくふしぎな人である。ここでも死ななかった。

劉備の困窮ぶりを知った麋竺が、義俠《ぎきょう》の心を発揮したのである。奴隷《どれい》の二千人に金銀貨幣をそえて、劉備に贈った。さらに妹を劉備にすすめて夫人とした。それらを宰領《さいりょう》したのは、麋芳であろう。

劉備の軍は息をふきかえした。

幸運はまだある。

大量の米を送ると呂布に告げた袁術が、その約束をはたさなかったため、呂布は怒り、手を切った。

――いまなら劉備の降伏を呂布が容れるだろう。

と、推察して手を打ったのは、おそらく糜竺であろう。そういう才覚があるのは、糜竺でなければ、陳登である。

とにかく、跼天蹐地《きょくてんせきち》というべき劉備が、呂布に迎えられ、妻子を返されて、小沛に帰還できたのである。

呂布の顔をみるのもいまいましい張飛は、終始、顔をそむけていた。かれが下邳での汚名《おめい》をすすいで、天下に勇名《ゆうめい》をとどろかすのは、この年からかぞえて十二年後である。

――自分の命運は、天が決めてくれる。

おそらく劉備《りゅうび》はそういう心胆《しんたん》のすえかたをしていたであろう。人の智慧《ちえ》などたかがしれていて、かえっておのれを縛るものになる。そうおもっていたふしがある。それゆえ、こざかしい工作などをしたことがなく、また物だけでなく人にも固執《こしつ》せず、敗戦となれば、配下どころか妻子さえも棄《す》てて逃げた。しかもそのあと平然としていた。

あえていえば、劉備の歳月のすごしかたには、逃げる、というところに特色がある。逃げなかった公孫瓚《こうそんさん》と呂布《りよふ》はともに滅び、うぬぼれが強く天子という呼称にこだわった袁術《えんじゅつ》は、涸渇《こかつ》同然に病死し、なかば天下に手をかけていた袁紹《えんしょう》は、その優柔不断《ゆうじゅうふだん》がたたって曹操《そうそう》に敗れたあと、病死した。その死は憤死《ふんし》といってもよい。袁紹のように名門意識という重い荷を背負わない劉備は、群雄のあいだをながれるように泳いで、荊州《けい》南陽《なんよう》郡の劉表《りゅうひょう》のもとに漂《ひょう》着《ちゃく》した。

別のたとえをすれば、荊州に駐留《ちゅうりゅう》するまでは、劉備とその配下の集団は、遊牧民族のようであった。ところが、荊州において諸葛亮《しょかつりょう》という智慧袋を得たことで、農耕民族に変わった。諸葛亮の智慧の基本は、人を定住させ、利害を峻別《しゅんべつ》し、人と家を富ませるというものであり、劉備はここではじめてその思想に同意した。農耕は遊牧とちがって上下の秩序を必要とし、おのずと人に貧富を生じさせ、尊卑《そんぴ》を産む。劉備の集団は質を変えようとしていた。

そういうときに劉表が死去した。

国主が凡庸《ぼんよう》であると国民が迷惑するので、そういう国主を追放などして排除してもよい、という思想は戦国時代の孟子《もうし》からでている。劉表の後嗣《こうし》である劉琮《りゅうそう》はとても荊州を保持できないとみた諸葛亮は、

「荊州を取るべきです」

と、劉備にささやいたが、劉備は道義を重んじて、その勧《すす》めを容《い》れなかった。

直後に、またしても逃走である。

曹操軍が荊州に侵入してきた。劉琮が劉備に一言の相談もなく、一言の連絡もなく、曹操に降伏したため、劉備は不意を衝《つ》かれたかっこうになり、樊《はん》城をでてあわただしく南下した。樊城は、劉表の本拠である襄陽《じょうよう》の北に位置し、襄陽を防衛するために重要な城であったが、襄陽に樹《た》っていた旗幟《きし》が曹操軍になびいてしまっては、その城を死守する意義がなくなった。

劉備は南陽郡をでて南郡《なん》の江陵《こうりょう》をめざした。大軍ではないので、すみやかにすすめるはずであった。ところが、ふりかえった張飛《ちょうひ》はおどろいた。大群衆が劉備に従うべく、追ってきたのである。その数は日に日に増えて、なんと十余万人となった。それにともなって、劉備軍の南下の速度がにぶり、とうとう一日に十余里しかすすめなくなった。行軍は一日に四、五十里がふつうであり、これでは曹操軍に追いつかれてしまう。

うしろが気になってしかたがない張飛は、

「ご妻子をたのみます」

と、関羽《かんう》に声をかけた。自分は追撃してくる曹操軍の騎兵隊にそなえるため、なるべくうしろにいて後拒《こうきょ》をおこなう、といった。ところで、ここで張飛がいった妻子とは、かつて下《か》邳《ひ》城にいた妻子ではない。そのふたりはすでに喪《うしな》われていて、ここで劉備がともなっているのは甘《かん》夫人とその子の劉禅《りゅうぜん》である。

「わかった」

と、いった関羽であるが、その妻子から離れることになった。軍を分けることにした劉備から、

「なんじは別働隊を率いて船を捜し、水路から江陵をめざせ」

と、命じられたためである。

劉備を追っている曹操は、

――かれらが江陵にはいると、めんどうなことになる。

と、予想し、

「昼夜兼行《けんこう》で猛追する」

と、高らかにいい、精鋭の騎兵五千を率いて加速した。なんとこの軍は一昼夜で三百余里

もすすんだ。

そのため、劉備軍と大群衆は当陽《とうよう》の長坂《ちょうはん》（長阪《ちょうはん》）で曹操軍に追いつかれ、大混乱となった。甘夫人と劉禅はこの大混乱のなかに消えてしまった。このたいせつなふたりを捜すために、敵陣まで駆け入ったのは、張飛ではなく、趙雲《ちょううん》である。

趙雲はもともと公孫瓚の下にいて、青州《せい》保持をおこなう劉備に貸与《たいよ》されるかたちで働いたが、兄の喪《も》のためにいちど郷里の常山《じょうざん》国真定《しんてい》県に帰った。劉備と再会したのは、袁紹の陣営のなかである。以後、趙雲は劉備に随従《ずいじゅう》し、長坂では甘夫人と劉禅をみつけてふたりを救うという殊勲を樹てた。

江陵への道は逃げまどう人々でふさがれたため、劉備は馬首を東南へむけて疾走しはじめた。従う者は、諸葛亮、趙雲、張飛など数十騎だけである。敵の騎兵が急迫したので、ふりかえった劉備は、

「飛よ、拒《ふせ》げ」

と、命じた。大きくうなずいた張飛は、馬首をめぐらせて二十騎を率い、橋のたもとにとどまった。おもむろに馬からおりて橋の中央に立った張飛は、ほどなくあらわれた敵の騎兵にむかって、目を瞋《いか》らせ、

「われこそは張益徳《ちょうえきとく》である。橋を渡ってこい。ここで死を決しようぞ」

と、呼びかけた。この声に応じて動いた騎兵はいない。ほどなく騎兵の数は、二百から五百に増え、さらに千となっても、張飛と戦わなかった。ときどき戦場にはそういう奇妙な光景が出現する。人と時が止まったようになった。

「たれもこないのであれば、この橋は不要だな」

一笑した張飛は、馬上の人となり、配下に命じて橋を落とした。この一事で、張飛はたったひとりで数千の騎兵の追撃を阻止したことになり、その勇名は天下に知れわたった。それはそうであろう。矛《ほこ》をふるって百の首級を挙《あ》げることよりも、矛をふるわず、曹操軍の追撃を拒いだことのほうが、驚異的な勲功となる。

張飛の働きによって漢津《かんしん》にたどり着いた劉備は、関羽に督率《とくそつ》されて川をくだってきた船団に飛び移って死地を脱した。


すこしふりかえることになるが、曹操《そうそう》は劉表《りゅうひょう》の死を知って、荊《けい》州攻略をおこなったわけではない。偶然《ぐうぜん》にそうなったのである。

その一事を採《と》っても、この年には、魔術的な力がはたらいていたといっても過言ではない。あっけなく荊州平定をはたした曹操が、自軍の兵に疲れがないことを観《み》て、すぐさま江水《こうすい》に大船団を浮かべ、南方の覇者というべき孫権《そんけん》を討とうとしたのも、一理ある。が、これは拙速《せっそく》というべきで、水戦《すいせん》に慣《な》れていないその大軍は、孫権の属将である周瑜《しゅうゆ》と程普《ていふ》に率いられた三万の兵に、赤壁《せきへき》（烏林《うりん》）で敗れた。これもふつうでは考えられない敗戦である。曹操軍は兵力を八十万と称していたのである。

赤壁の戦い以後も、曹操と孫権の戦いはつづくことになる。その間に、荊州の南部を巡った劉備が、年内にさらさらと四郡を獲得してしまった。これも、魔術的であろう。劉備の私兵は二千しかいなかったはずなのである。

「これを徳の力というのだ」

と、関羽《かんう》は張飛《ちょうひ》にいったが、なるほどそういうしかあるまい。劉備は荊州で人気があった。だが、若いころから劉備の近くにいた張飛は、劉備から感じられる、心意気、が好きだった。劉備は早くに父を亡《な》くしたので、母しかいないその家は貧しかった。それも張飛は知っている。ところが、なぜか劉備には吝嗇《りんしょく》のにおいがしなかった。たとえ家が黴《かび》でただれても、劉備はけがれなかった。張飛は劉備のそういう空気感を共有するために、ここまで付き従ってきたといってよい。が、ここにきて劉備ははじめて自力で四郡を得た。富むことによって劉備が人変わりしないか。張飛としては、劉備が別人にみえる日のくることを恐れた。

とにかく劉備が荊州南部を平定したことで、張飛は宜都《ぎと》太守、征虜《せいりょ》将軍に任ぜられ、新亭《しんてい》侯に封《ほう》ぜられた。ちなみに行政区としては、亭がもっともせまい。広さについていえば、亭の上が郷《きょう》、郷の上が県である。つまり新亭侯になったということは、最小の領地の主《あるじ》になったというわけである。

のちに劉備は孫権への交渉によって、江水の北の南郡《なん》を得るので、張飛をその太守とした。宜都郡の東隣が南郡、という位置関係である。南郡の北は曹操の支配地であるから、北からの脅威を張飛と関羽にはねかえさせるという図式を劉備が描いたことになる。関羽についていえば、張飛が南郡へ遷《うつ》るまえにその郡にはいっている。

さて、荊州において劉備の勢力が安定したのをみて、

「蜀《しょく》、いや益《えき》州を、劉備に治めてもらいたい」

と、望み、ひそかに画策《かくさく》したのが、張松《ちょうしょう》と法正《ほうせい》である。ふたりは益州牧《ぼく》の劉璋《りゅうしょう》に仕えていて、特に張松は身分が高く、益州の別駕《べつが》従事《じゅうじ》であるから、州の副長官といってよい。その張松は法正とともに、蜀郡に本拠をすえたまま発展を示さない劉璋の政治力と軍事力に不安をいだいていた。はっきりいえば、

――このままでは、蜀は滅ぶ。

と、いうことである。

益州北部に漢中《かんちゅう》郡がある。その郡にいる張魯《ちょうろ》は、初期の道教《どうきょう》といってよい五斗米道《ごとべいどう》をとなえて信徒を増やし、郡を宗教国に変えた。せめて益州の北部だけでも平定したい劉璋であったが、張魯にはどうしても勝てなかった。

――この状況をうまく使いたい。

と、考えた張松は、荊州から劉備を招いて張魯を攻めさせるという策を劉璋にすすめた。その一方で、法正を使者に立てて、劉備に益州を取らせる策をさずけた。

この策に乗るかたちで、劉備は荊州を発《た》った。おもに以前から綴々《ていてい》と随従《ずいじゅう》してきた者を荊州に残し、荊州で擢用《てきよう》するようになった龐統《ほうとう》と黄忠《こうちゅう》などを従えて益州にはいった。龐統は諸《しょ》葛亮《かつりょう》とならぶ智の人であり、黄忠は張飛にまさるともおとらない武の人である。

張飛は首をかしげた。そこで関羽に、

「主は益州を取りに行ったのでしょう。一戦もせずに益州を取れるはずがないのに、なぜわれらを荊州に残したのでしょうか」

と、問うた。

「主は漢中の張魯を討つために劉璋に招かれたのだ。これを好機として劉璋を討つことを龐統は主に勧めるだろうが、主は人を騙《だま》すことが嫌いだ。龐統やほかの者がなんといおうと、張魯の討伐を本気でおこなうと想《おも》ってみよ」

「張魯には勝つでしょう」

「すると主は漢中を得る。獲得した漢中を劉璋に献ずる約束をするだろうか。張魯を討つだけが約束ではないのか」

「あっ、すると漢中は主のものとなり、宜都につなげますね」

このころの漢中郡はかなり大きく、宜都郡に接するほど東に伸張《しんちょう》している。

「そうなれば、漢中の行政と軍事を龐統と黄忠にまかせ、主は荊州に帰ってくる」

「なるほど、なるほど」

劉備は戦場でも策を立てることを好まず、まして外交に虚妄《きょぼう》をもちこまない。劉璋を騙し討ちなどけっしてしないとなれば、関羽のいう通りになる場合も想定できる。が、それでは張松らが練《ね》った計画が無《む》になってしまう。

「しかし、いままでも、主は策を弄《ろう》さないのに、おもいがけないことがどこからかやってきて、あらたな道がひらけました。今度もそうなるのではありませんか」

と、張飛はいった。

「さて、どうなるか」

劉備のすすむ道はたれにも予想できない。それがおもしろい、というのが関羽と張飛の共通の意《おも》いである。

はたして、益州でもおもいがけない事件が起こった。

張松の秘計が、兄の密告によって露見してしまったのである。怒った劉璋は張松を捕らえて斬り、諸将に通達して劉備に関《かん》を通らせないようにした。

いきなり孤軍にさせられた劉備であるが、これで劉璋と戦う口実ができたことになる。みかたによっては、張松はみずからの死をもって、劉備のために益州取りのきっかけをつくったといえる。

劉備は変事にそなえていたこともあって、漢中をまだ攻めておらず、漢中から遠くない白《はく》水関《すいかん》から引き返し、葭萌《かぼう》を経て成都《せいと》へむかう道をすすんだ。その途中にある涪《ふ》県に到ったところで、軍をとどめた。

荊州にいて、そのことを知った張飛は腕をさすり、

「やはり、劉璋との戦いになりました。主を助けにゆくべきでしょう」

と、関羽の存念を問うた。

「まあ、待て。たしかに州の軍事はわれらにまかされてはいるが、州の政務を統轄《とうかつ》しているのは、臨烝《りんじょう》にいる諸葛亮だ。かれの意向を無視して動くのはよくない」

関羽は逸《はや》る張飛をたしなめた。

ほどなく諸葛亮の使者が張飛のもとにきた。ちなみに臨烝は長沙《ちょうさ》郡の南部にあり、その位置は、零陵《れいりょう》郡、桂陽《けいよう》郡、長沙郡という三郡を治めるのに都合《つごう》がよいと諸葛亮はみて、そこに行政府をすえていた。

「主には龐統と黄忠が属《つ》いていますので、しばらく益州を静観すべし、と軍師中郎将《ぐんしちゅうろうしょう》は申されています」

と、使者はいった。軍師中郎将とは、諸葛亮を指す。

「ほう、悠々《ゆうゆう》たるものだな」

龐統は諸葛亮の友人といってよく、諸葛亮はこの友人の才智をそうとうに信頼しているがゆえに、落ち着きはらっている、と張飛にはおもわれた。

「われは独《ひと》りで益州にむかって駆けだすことをしない、と軍師中郎将どのに伝えてくれ」

張飛は笑いながら使者にそういったが、このあと、血相《けっそう》を変えて駆けださねばならぬ事態が生じた。

「主の子が、孫《そん》夫人に攫《さら》われた」

公安《こうあん》にいる趙雲《ちょううん》からの急報であり変報でもある。公安は劉備の本拠地で、江水に臨《のぞ》み、その位置は張飛がいる江陵《こうりょう》のま南にあたる。外征した劉備は公安の守りを趙雲にまかせた。謹《きん》恪《かく》な趙雲は、劉備の正室におさまっていた孫夫人が多数の従者とともに消えただけではなく、劉備の子の劉禅《りゅうぜん》もいなくなったことに気づいた。さらに、

——孫夫人は兄の孫権としめしあわせたのだ。

と、勘《かん》づき、張飛へ協力を求めると同時に、江水をくだってゆく孫夫人の船を猛追した。

「なんという夫人か」

天にむかって吼《ほ》えた張飛は、すぐさま快速艇をだし、自身は軍船を督率《とくそつ》して、急速に南下した。おそらく孫権は妹を迎えるために軍船を泝洄《そかい》させているにちがいないので、最悪の場合、水戦に突入すると予想した。

しかし、張飛が江水の上に船影を発見したとき、すでに趙雲は劉禅をとりもどしていた。趙雲の船に乗り込んで、劉禅のぶじを確認した張飛は、胸をなでおろし、

「兄が兄なら、妹も妹よ。この子を奪って主を恫喝《どうかつ》するつもりであったのだ」

と、口をゆがめた。もともと張飛は孫権が好きではないが、この一事で、嫌悪感が増大した。孫夫人は政略結婚によっていやいや劉備に嫁いだとはいえ、無断で実家へ帰ることは礼を欠く行為であり、その上、ほかの夫人が産んだ子を攫ってゆくなどは、悖悪《はいあく》といってさしつかえないであろう。

「曹操は敵であるとはいえ、こんなうすぎたないことはせぬ」

劉備はかつて厚遇してくれた曹操の羈絆《きはん》からのがれるために、離叛《りはん》したことがあるので、ふたたび連合することはむずかしいかもしれないが、張飛は信用できない孫権との紐帯《ちゅうたい》を切って、曹操とむすんだほうがよいような気がしてきた。

「なにはともあれ、大事にいたらなかったのは、なんじの留心《りゅうしん》がすぐれていたためだ」

と、趙雲を称《ほ》めた張飛は、帰路、西の天を憂鬱《ゆううつ》げにながめた。劉備の戦いの経緯が逐一《ちくいち》わからないため淡い焦心《しょうしん》が生じていた。

涪県をでた劉備が雒《らく》城を包囲したのは五月である。雒城は成都防衛のために最重要といえる城なので、劉璋はそこに子の劉循《りゅうじゅん》をいれて、難攻不落とおもわれるほど厚い防備をほどこした。

盛夏からはじまった劉備軍の攻撃は、冬になっても成果を得られず、ついに年を越した。

――ずいぶん手こずっている。

張飛はいらだちをおさえられなくなってきた。正月をすぎても益州から吉報がとどかない場合は、南郡の兵を率いて益州へむかうという覚悟を、諸葛亮に告げるべく、ひそかに出師《すいし》の準備をはじめた。

そこに諸葛亮の使者が急行してきた。

「軍師が江陵に到着なさいます。早急に遠征の支度《したく》をなさるべし、とのことです」

「こりゃ、おどろいた。わが心の声が臨烝にとどいたか」

張飛は手を拍《う》って喜んだ。

五日後に、江陵に集まったのは、諸葛亮、関羽、張飛、趙雲と遠征する荊州兵である。ちなみに関羽は南郡の北部に常駐していたとおもわれる。

諸葛亮は重鎮《じゅうちん》である三人にだけ実情をおしえた。

「最初にことわっておきます。この遠征は、雒城攻略を直接に援助するものではありません。主からのご書翰《しょかん》では、広漢《こうかん》郡北部にある葭萌に敵兵が寄せてきたため、雒城攻めを中断して、背後の敵を駆逐《くちく》しなければならなくなったということです。すなわちわれらは、江水をさかのぼったあと、雒城の包囲陣をおびやかす敵兵を抑えて、主を後援するのです」

そういったあと諸葛亮は関羽にむかって、

「雲長《うんちょう》どのには、荊州のすべてをおまかせするしかありません。これはわたしの判断ですが、主のご意向であるともご理解ください」

と、嘆願を秘めていった。かつて関羽は劉備にかわって徐《じょ》州を治めたことがあり、行政能力をもっている。ここで関羽に首を横にふられたら、雒城陥落の見通しがつかなくなる。

関羽はわずかに慍《むっ》として諸葛亮を凝視《ぎょうし》したが、まなざしをそらしつつ、

「わかった。異存はない」

と、いった。三日後に、まず先陣として出発する張飛に、関羽は声をかけた。

「人には表と裏がある。が、なんじには表しかない。めずらしい正直者ではあるが、敵を敵としてみるばかりが能ではない。平定するということは、地を取るというよりも、人を取るのだ」

と、訓戒《くんかい》した。

「こころがけます。かならず朗報をおとどけします」

張飛は笑貌《しょうぼう》をもって答えたが、じつは、これが今生《こんじょう》の別れとなった。


江水《こうすい》をさかのぼってゆくと、かならず益《えき》州の巴《は》郡にはいる。

巴郡のなかでもっとも重要な県は江州《こうしゅう》であり、水路の要《かなめ》であるそこには郡府もある。

巴郡太守《たいしゅ》は厳顔《げんがん》である。かれは硬骨《こうこつ》の臣といってよく、劉備《りゅうび》が劉璋《りゅうしょう》に招かれて巴郡に到った時点で、胸をたたいて嘆き、

「これは独《ひと》り奥山に坐り、虎を放って、わが身を守ろうとするようなものだ」

と、劉璋のみこみの甘さを批判した。

劉備を手なずけられない虎にたとえた厳顔は、雒《らく》城の攻防が長びいている現状から、かならず荊州から援助がくると予想して、防備を固めていた。張飛《ちょうひ》軍の船団を看《み》た厳顔は、

「ここを死守する」

と、城兵に宣《の》べた。敢然《かんぜん》と抗戦をおこなったのである。が、このときの張飛の気魄《きはく》は厳顔のそれをうわまわっていた。猛攻をかさねて、ついに城壁を越え、厳顔を捕獲した。ということは、厳顔は落城寸前になっても逃げなかったということである。

この敵将を眼下にひきすえた張飛は、

「わが大軍をみれば、すぐに降伏してもよさそうなのに、よくも抗戦したものだ」

と、からかうようにいった。厳顔ははっきりと首をあげ、

「益州はわれらの州であり、あなたのものではない。それを侵《おか》すとは、無礼ではないか。わが益州には、首を斬られる将軍はいるが、降伏する将軍などは、ひとりもいないのだ」

と、傲然《ごうぜん》といった。嚇《かっ》とした張飛は、剣をぬいて、厳顔の首を斬ろうとした。が、厳顔は顔色ひとつ変えず、

「首を斬るなら、ただちに斬れ。なぜ、怒らねばならぬ」

と、冷えた口調でいった。

張飛はふと、

――この太守にも裏がない。

と、感じた。正直な人なのだ。関羽《かんう》の訓戒を憶《おも》いだした張飛は、ふりあげた剣をおろして縄を切り、

「われは勇士を尊ぶ。あなたは死すべき人ではない」

と、いった。このあと賓礼《ひんれい》をもって厳顔を遇《ぐう》した。厳顔の感情が変わった。あいかわらず劉備を好きにはなれないが、この邪気《じゃき》のない張飛という将軍には、心をゆるせるとおもった。

そこで張飛に、

「あなたと戦ったわたしのような者でも、赦《ゆる》されることを益州の諸将に知らせれば、いちいち戦わなくても、平定できます」

と、進言した。

このあと諸葛亮《しよかつりよう》と趙雲《ちようううん》が江州に到着した。すでに諸葛亮の指図を承《う》けていた張飛は、北路というべき涪水《ふすい》をすすみ、趙雲は南路である江水から湔水《せんすい》にはいることになった。諸葛亮は中軍として張飛のあとをゆっくり追うかたちをとった。

張飛は厳顔の助言を活《い》かして、めざましい進撃をおこなった。やがて張飛軍は広漢郡《こうかん》にはいった。敵がいた。張飛軍を阻止するために駆けつけた張裔《ちようえい》が徳陽《とくよう》に迎撃の陣を布《し》いていた。

それをみた張飛は、

「旗幟《きし》に生気《せいき》がないぞ。それではとてもわが軍を拒《ふせ》げまい」

と、嗤《わら》い、一戦しただけで敵陣をうちくだいた。張裔は成都《せいと》に逃げ帰った。

徳陽に軍をとどめた張飛は、諸葛亮の到着を待った。

じつのところ、諸葛亮は将軍としての張飛の成熟におどろいていた。張飛軍の進攻は、予想の速度より数倍速い。徳陽で下船した諸葛亮は、張飛に会うや、

「すばらしい進撃でした」

と、手放しで称《ほ》めた。しかしながら、雒城攻めは劉備と龐統《ほうとう》にまかせ、この軍は巴郡と広漢郡の東部を平定する、とかれは念をおした。

——ははあ、諸葛亮は龐統に勲功を樹《た》てさせたいのだ。

張飛はそう理解した。諸葛亮は自分の感情の所在を他人にさとらせない型の賢人であるが、龐統へのひそかな友情は、好感のもてるものであった。

だが、諸葛亮の配慮はいくぶん裏目《うらめ》にでた。

諸葛亮らが益州にはいったことを知った龐統は、雒城を落とせないおのれのふがいなさを責め、陣頭に立って兵を鼓励《これい》するようになり、この焦《あせ》りが仇《あだ》となって、城兵の放った矢に斃《たお》された。そのときかれは三十六歳であったから、早すぎる死といってよい。

雒城が陥落したのは、夏の盛りのころで、すぐに劉備は雒城から遠くない成都へ軍をすすめ、包囲陣を形成した。そのあとに張飛らは成都に到着して劉備と再会した。

江陵をでてから成都に到るまで、張飛の心身の充実はかつてないほどであった。張飛の年齢は、五十であると推定される。

この年、五月は二回あり、閏月《じゅん》に劉璋は防戦をあきらめて開城した。

いれかわって成都に入城した劉備は、益州の主《あるじ》となり、張飛は巴西《はせい》太守に任命された。

この事実におどろいた曹操《そうそう》は、翌年に遠征軍を西行させ、漢中郡《かんちゅう》にはいると張魯《ちょうろ》を破って宗教国を消滅させた。そのあと将軍の張郃《ちょうこう》を巴西へ遣《や》って、その郡の民を漢中へ徙《うつ》させようとした。

「わが郡の民を盗みにきたか」

怒った張飛は、精兵一万余を率いて張郃軍を攻撃して、勝利をおさめた。

――勝った。

とはいえ、どこか虚しい。張飛は劉備と関羽を義兄のようにおもい、とくに関羽を実兄《じっけい》のように慕《した》った。その関羽と離れすぎているさびしさは、どうしようもない。また、益州にきて、戦いに勝てば勝つほど、劉備が遠のいてゆくという感覚を打ち消すことができない。

三人はなにを求めて戦いつづけてきたのであろうか。

往時、得たものをすぐに失うということをくりかえしたが、三人はそれをくやしがることなく、手をとりあって生きてきた。が、大きなものを得ると、それを失わないため、三人は手をはなさなければならなくなった。

張飛は自分の手を視《み》た。この手は、得たものより失ったもののほうが大きいことを知っている。

やがて劉備は漢中王になった。それにともない張飛は右将軍《ゆう》、仮節《かせつ》となった。それから五か月後に、関羽が孫権《そんけん》の属将に殺された。訃報《ふほう》に接した張飛は、

「雲長兄《うんちょうけい》――」

と、叫び、天を仰いで哭《な》いた。

劉備は王位を得て、関羽を棄《す》てたともいえる。もしも劉備が帝位を得ることになれば、

――棄てられるのは、われであろう。

と、予感した。

この年から二年後に、劉備は皇帝の席に即《つ》いた。張飛は車騎《しゃき》将軍に昇り、司隷校尉《しれいこうい》を兼任した。が、喜びをみせなかった。

ほどなく劉備が孫権に報復《ほうふく》するために出師《すいし》すると知って、ようやく張飛の表情がほぐれた。幽《ゆう》州の涿《たく》県で義勇兵に応募するころの劉備が胸裡《きょうり》によみがえった。

「呉《ご》を攻めるぞ」

張飛は呉軍を撃破しつづけて、かならず孫権の首を挙《あ》げてやる。ぜったいに退却《たいきゃく》はしない。このすさまじい覚悟を秘めて、出陣の準備を配下に命じた。

いよいよ出発というときに、張飛は幕下の将である張達《ちょうたつ》と范彊《はんきょう》に殺された。張飛軍は閬中《ろうちゅう》県（巴西郡）から南下して江州県で劉備軍と合流する予定であったから、その暗殺事件は閬中県で起こったのであろう。とにかく張飛は、なまけていたり、だらしのない配下を容赦なく鞭《むち》で打ったため、怨まれて殺された。が、軍は規律のきびしい隊伍《たいご》のほうが生存率が高いといわれており、配下にゆるみを宥《ゆる》さない張飛の愛情のうらがえしがそれであったと想《おも》いたい。

張飛の都督《ととく》からの上表によって、その死を知った劉備は、

「噫《ああ》、飛、死せり」

と、みじかく嘆声《たんせい》を発した。それしかいわなかったところに、劉備の衝撃《しょうげき》の大きさと哀しみの深さがあった。なお、劉備も二年後に逝《ゆ》く。

さて、劉備の子の劉禅《りゅうぜん》が蜀《しょく》の二代目の皇帝（後主《こうしゅ》）となったが、皇后を、

「敬哀《けいあい》皇后」

と、

「張《ちょう》皇后」

と、いう。このふたりは姉妹であり、さきに述べたように、張飛の女《むすめ》である。張飛が劉備に従って小沛《しょうはい》にいたころ、たきぎとりにでた夏侯《かこう》氏の少女が、道に迷い、張飛に遭遇した。張飛はその少女を妻とした。じつはその少女は夏侯覇《かこうは》（夏侯淵《かこうえん》の次男）の従妹《いとこ》であり、名門の出自《しゅつじ》であった。その後、産んだ女がふたりとも、劉禅の皇后となった。そういう経緯のなかで謎であるのは、張飛に捕らわれた少女が、実家に逃げ帰らなかったところである。張飛が強引に帰さなかったのか、あるいは、少女が帰ろうとしなかったのか。張飛の容貌を少女の目を通して観《み》ることはできないが、そこに魅力に満ちた男が立っていたらどうであろう。

諸葛亮

しょかつりょう

む、
苟くも性命を乱世に全うして、
聞達を諸侯に求めず
（出師表）

徐州《じょ》は騒然としている。
徐州の東海郡《とうかい》を苛烈《かれつ》に攻めた曹操《そうそう》軍が引き揚げたあとも、たえず流言飛語《りゅうげんひご》に人々はおびえている。

諸葛亮《しょかつりょう》の実家は、徐州のなかの琅邪《ろうや》国陽都《ようと》県にある。琅邪国は東海郡の北隣に位置している。

父親が官人である場合、赴任《ふにん》先で子をもうける場合があるので、子にとって実家が生家であるとはかぎらない。たとえば後漢《ごかん》王朝を創立した光武《こうぶ》帝（劉秀《りゅうしゅう》）の出身地は、荊《けい》州南陽《なんよう》郡蔡陽《さいよう》県といわれているが、生まれたのは兗《えん》州陳留《ちんりゅう》郡済陽《せいよう》県の官舎である。諸葛亮の父である諸葛珪《しょかつけい》（あざなは君貢《くんこう》）も、兗州泰山《たいざん》郡の丞《じょう》（次官）として任地におもむいたことがあり、それ以前に、記録に残っていない叙任《じょにん》がおこなわれていたとすれば、諸葛亮の生地を確定することはむずかしい。ただしかれが幼少期を泰山郡の郡府がおかれている奉高《ほうこう》県ですごしたことはまちがいない。

奉高県の南に梁父《りょうほ》という山があり、その山麓が巨大な墓地になっていた。奉高県からも梁父にむかって葬列がでたであろう。そのつど諸葛亮は葬送の歌すなわち挽歌《ばんか》を耳にした。さらに葬儀がなくても、人々はその歌をくちずさむようになり民謡化した歌を、諸葛亮はおぼえた。青年になってからみずから替《か》え歌を作って吟《ぎん》ずるほどであったから、よほどその歌が心に染《し》みたのであろう。あるいは、その歌には父とすごした時間とその光景が蔵《しま》われていたのかもしれない。

とにかく奉高県にいなければおぼえられない歌があったということは、幼少の諸葛亮の所在を明示している。

諸葛亮にはひとりの兄とふたりの姉、それに、ひとりの弟がいる。長兄を諸葛瑾《しょかつきん》（あざなは子瑜《しゆ》）といい、末弟を諸葛均《しょかつきん》という。末弟のあざなとふたりの姉の名は不明である。

諸葛亮は九歳のころに生母の章《しょう》氏を喪《うしな》った。

その年に諸葛瑾は十六歳であったが、この家族にはわかりにくいことが多い。

そのひとつが、諸葛瑾の留学である。

かれが何歳のときに洛陽《らくよう》に上ったのか、それがわからない。洛陽では、『毛詩《もうし》』『尚書《しょうしょ》』『春秋左氏伝《しゅんじゅうさしでん》』などを修学した。この事実のどこに不可解さがあるのか、と問われそうであるが、首都と中央政府の激変という情勢を知れば、かなりわかりにくいことなのである。そのまえに、諸葛瑾が読んだ書物がそろって儒教の必読書であることから、諸葛氏の家風には儒教偏重《へんちょう》があったにちがいない。であるとすれば、

「志学《しがく》（学に志《こころざ》す）」

を、十五歳とした孔子《こうし》に倣《なら》ったと推理するのがふつうである。つまり師に仕えて学問をはじめるのは十五歳がよいとする儒教的教導《きょうどう》に従って、諸葛瑾がその年齢で洛陽へゆき、学問をはじめたとすれば、その年は中平《ちゅうへい》五年（一八八年）である。黄巾《こうきん》の乱の四年後にあたり、霊《れい》帝が西園八校尉《せいえんはちこうい》という専属の軍をもった年である。翌年、つまり諸葛瑾が十六歳になった年に、四月に霊帝が崩御《ほうぎょ》し、八月には大将軍の何進《かしん》が宦官《かんがん》に暗殺され、ほどなく何進の仇《あだ》を討つかたちで袁術《えんじゅつ》と袁紹《えんしょう》が宦官をみな殺しにした。それだけではなく、西方の奸雄《かんゆう》というべき董卓《とうたく》が兵を率いて洛陽城に乗り込んできて、またたくまに朝廷運営の実権をにぎった。

そこまでの宮城内外の騒擾《そうじょう》のすさまじさは、学問に専心するための静謐《せいひつ》さを奪ったにちがいない。

なお悪いことに、翌年の二月に董卓は長安遷都《ちょうあんせんと》を断行し、洛陽の住民を追いたてて、宮殿だけではなく民家にも火を放ったので、もしも諸葛瑾が洛陽にとどまっていれば、生死の境をさまよい、斃死《へいし》しないまでも帰郷などは当分かなわなかったであろう。

諸葛瑾は災禍《さいか》をまぬかれたのであるから、やはり十六歳のときに帰郷したのである。洛陽での留学はおよそ一年半という短さであったと想《おも》われる。推測をかさねることになるが、この年に、生母が亡《な》くなった。長男である諸葛瑾は喪《も》に服した。

儒教における正式な服忌《ふくき》の期間は二十五か月であるが、この時代にそこまでする人はすくない。父の諸葛珪は継妻《けいさい》を迎えた。その年は、諸葛瑾が十九歳、諸葛亮が十二歳であったとみたい。諸葛珪の再婚がそれより早いと、この家の家風に適《あ》わないからである。

諸葛瑾はこの継母によく仕えたようである。

翌年、徐州は曹操軍に襲われた。徐州牧《ぼく》である陶謙《とうけん》の配下が、曹操の父と弟を殺したため、曹操に復讎《ふくしゅう》されたのである。たぶん、この年に、諸葛瑾と諸葛亮の父が亡くなり、一家は叔父の諸葛玄《しょかつげん》に頼らざるをえなくなった。

曹操軍は陶謙の本拠である東海郡に狙いをしぼり、兵だけではなく郡の民をも容赦なく殺害した。そのため死者の数は数十万となり、鶏《にわとり》や犬でも生き残れなかった。

ただし曹操は、東海郡の北隣にある琅邪国は攻めなかった。琅邪順《じゅん》王はこの年まで生きており、順王をはばかったためである。それゆえ琅邪国の陽都県まで戦火は飛んでこなかったが、人々はおびえた。年があらたまるころに曹操軍は引き揚げたが、夏にふたたび襲来した。ところが、夏が終わるころ、曹操軍は急遽《きゅうきょ》退去した。

しばらく騒然としていた徐州は、ぶきみなほど静かになった。

諸葛亮は十四歳である。

この長身の少年の耳には、郷里で交わされるさまざまな話の断片がはいってくる。

徐州牧の陶謙は病牀《びょうしょう》に臥《ふ》せており、年内に逝去《せいきょ》するのではないか。琅邪王がすでに卒したのに、この国の主宰者がたれになるのか、いまだに決定されない。つぎに曹操軍が徐州に攻め込んでくれば、王がいない琅邪国も侵略されて国民はことごとく虐殺《ぎゃくさつ》されるだろう。

それらすべては、不安の声である。そういう声とは別に、

「徐州は劉玄徳《りゅうげんとく》にまかされるのではないか」

というものもあった。劉玄徳とは幽《ゆう》州出身の劉備《りゆうび》をいい、陶謙の窮状《きゆうじよう》をみかねて救援にきた将である。ちなみにこのとき劉備は三十四歳であり、ちょうど二十歳下の諸葛亮が、十三年後にその人に会って仕えることになろうとはおもわなかったであろう。

徐州の民である諸葛亮は、当然のことながら、徐州をむごいほどいためつけた曹操にたいする嫌悪感をいだいた。それとは別に、この戦乱のありさまは、はるか昔に七つの雄国《ゆうこく》が覇権を争った戦国時代に似ているのか、それとも、秦《しん》の二世皇帝の暴政によってひきおこされた叛乱のさなかに現われた項羽《こうう》と劉邦《りゆうほう》による楚漢《そかん》戦争の時代に似ているのか、考えた。

――曹操は項羽に似ている。

項羽は進撃するたびに、前途にある邑《まち》を破壊して住民をみな殺しにした。天下の士と民はそれを憎み、寛容力のある劉邦を支持した。曹操が項羽であるのなら、かならず最後はついえ、劉邦のごとき人が出現して天下を平定する。それが歴史の原則ではないのか。

諸葛亮はそう信じた。ただし、まだ少年といってよい諸葛亮が独《ひと》りで劉邦のごとき人を捜す旅にでられるはずはない。しかしながら、いつまでも徐州にいられないのではないか、という予感がある。徐州の民は、兵の往来のない、安心して住める地を捜しはじめている。諸葛亮の家を扶助《ふじよ》してくれている諸葛玄は、たぶん他の州の情報を集めて、近日、移住先を決定するのではないか。

こういう諸葛亮の予感はあたった。おもいがけないかたちで、徐州をでることになった。袁術の使者が諸葛玄のもとにきたのである。

「あなたを豫章太守《よしょう》に任じます。すみやかに南昌《なんしょう》へお徙《うつ》りください」

使者はそういって、太守のあかしである印綬《いんじゅ》をかれにさずけた。

豫章郡は揚《よう》州の西南部に位置する郡で、その郡の太守である周術《しゅうじゅつ》が病死したため、いちはやく袁術は諸葛玄を送り込もうとした。要するに、揚州の最北端の九江《きゅうこう》郡をあらたな本拠とした袁術は、揚州内で江水《こうすい》の沿岸域にあたる郡をすべて支配しようとしたのである。

――公路《こうろ》は、われを忘れていなかったのか。

公路とは袁術のあざなである。袁術と親交があった諸葛玄は感激して印綬をうけとった。荊州南陽郡の北端にある魯陽《ろよう》にとどまっていた袁術が、はるばる本拠を南方へ移したのは、江水沿岸域が比較的静かだからである。江水より南の豫章郡に戦火は飛んでこないであろう。移住するには、そこがよく、また曹操軍が去ったいましかない。徐州内を南下して江水のほとりに到れば、あとは船で豫章へゆける。

そういう心算《しんさん》をもった諸葛玄は、

――子瑜らを置き去りにするわけにはいくまい。

と、おもい、家族に旅行の支度《したく》をいいつけたあとに、諸葛瑾に会いに行った。

「朗報だ」

諸葛玄はそう切りだした。

黙って叔父の話をきいていた諸葛瑾は、低頭して、

「ご趣意《しゅい》はよくわかりました。妹と弟を、よろしくたのみます」

と、いった。慍《むっ》と眉《まゆ》をひそめた諸葛玄は、

「なんじは、往かぬのか」

と、声を荒らげた。

「往きません。母とともに残ります」

「気はたしかか。ここに残れば、坐して死ぬことになるのだぞ」

この激昂《げっこう》した叔父の声は、室外にいた諸葛亮の耳にもとどいた。


「失礼ながら――」

ひごろ温厚な諸葛瑾《しょかつきん》ではあるが、さすがにこのときばかりは、目容《もくよう》にするどさをあらわして青ざめた。居直ったといってよい。叔父の諸葛玄《しょかつげん》にむかって、少々ふるえる声で返答した。

「叔父上を登用《とうよう》なさった袁公路《えんこうろ》どのは、洛陽《らくよう》において宦官《かんがん》を殺戮《さつりく》しただけで、以後、誉聞《よぶん》は知られておりません。それどころか、洛陽に近い魯陽《ろよう》にいながら、遷都《せんと》まえの天子の窮状《きゅうじょう》をみかねたふうでもなく、ご自身の保全のみを考え、南陽《なんよう》の劉表《りゅうひょう》に追いつめられると、居《きょ》を遷《うつ》し、兗州《えんしゅう》では曹操《そうそう》に敗れ、九江郡《きゅうこう》に逃げ込んだというのが実情でしょう。また、叔父上を豫《よ》章《しょう》太守に任じておきながら、一兵も付き添《つ》《そ》わせないというのは、袁公路どのの情の薄さをあらわしています。豫州においりになった叔父上に、袁公路どのの援助はありますまい」

「こやつ、ぬけぬけと――」

諸葛玄は赫怒《かくど》して、甥《おい》を睨《にら》みつけた。が、諸葛瑾はたじろがない。

「叔父上のあやうさは、その叙任が正式ではないことです。袁公路どのがかってに任じたことなので、長安《ちょうあん》の朝廷があらたに豫章太守を任じた場合、どうなさるのですか」

「戦うまでよ。よいか、子瑜《しゆ》よ、長安の朝廷とは、いまや董卓《とうたく》の属将どもに牛耳《ぎゅうじ》られていて、東方の諸侯からはその権威などはまったく認められていないものだ。正義は東方にあって、西方にはない。なんじの正義がどこにあるのかは知らぬが、収入のとだえたこの家に残留するなんじを助ける者は、たれもいないのだぞ」

「承知しております」

「ならば、かってにせよ」

荒々しく室外にでた諸葛玄は、愁眉《しゅうび》の四人にむかって、

「明後日、豫章へむかう。支度しておけ」

と、怒気をおさえきれない声でいった。仰首した諸葛亮《しょかつりょう》は、心のなかで、

――兄が正しい。

という声を揚げたが、わたしも残りますとはいえなかった。家に蓄《たくわ》えがほとんどないことを知っていた。

兄が叔父に同行しないことには、別のおもわくがあるのではないか。一年余で寡婦《かふ》となった継母《けいぼ》は、たおやかな女性で、その人を叔父に随従《ずいじゅう》させる危険を未然にふせいだともいえる。

叔父が去ったあと、黙々《もくもく》と旅行の支度をはじめた諸葛亮に近づいた兄は、

「叔父は悪い人ではない。根は親切だ。が、気の弱さがある。妹たちと弟を守れるのは、なんじしかいない。なんじは賢いので、死地に踏み込むような愚行《ぐこう》はせぬであろう。かならず再会できるように、われも母上を守りぬいて生きるつもりだ」

と、弟の肩を軽くたたいていった。

「兄上も、徐《じょ》州に残らないのでしょう」

「そうだな。たぶん、でることになるだろう。が、いまのところ、あてはない。叔父が豫章で成功してくれることを願ってはいるが、たやすく、そうはなるまい。とにかく、往くにしても、残るにしても、苦難に遭《あ》うと想《おも》っておくべきだ」

いま徐州に住んでいる者のすべてが、不幸を感じ、不運を嘆いているといってよいであろう。安穏《あんのん》であった徐州を強烈にゆすぶった曹操への反感は、諸葛瑾にもあるにちがいない。

翌々日、兄と継母に見送られて、諸葛亮は実家をあとにした。

――ふたたびここに帰ることはない。

この予感は痛切であった。実際、かれは死ぬまで徐州にもどることはなかった。

二家の家族を引率した諸葛玄は、賊に襲われることなく、江水《こうすい》を渡って豫章郡にはいった。郡府のある南昌《なんしょう》県は、郡の北部に位置しているが、それでも江水に近いわけではない。豫章郡だけではなく、どの郡にも、旅行する官吏が休息し宿泊する亭《てい》、伝《でん》、駅《えき》があるので、太守の印綬《いんじゅ》をもつ諸葛玄に不便はなかったであろう。江水につながる大きな沢があり、その沢にそそぐ川が南昌の西をながれていることを想えば、諸葛玄は船をつかったのではあるまいか。

よい。

問題は、郡府にいる官吏が、諸葛玄の着任を認めるかどうかであったが、かれらは印綬をかかげた諸葛玄の入府をこばまなかった。南方では袁術《えんじゅつ》の威名が衰えていないあかしといってよい。

——ぶじにここまできた。

官舎にはいった諸葛亮は胸を撫《な》でおろした。袁術の勢力が拡大すれば、豫章郡はいまよりも安定の度を増すが、それ以前に、叔父の行政手腕が問われるであろう。そうおもう諸葛亮の心配をよそに、諸葛玄は属吏《ぞくり》のあつかいがうまかった。むやみに威張らず、属吏への接しかたに温かさとやわらかさがあり、判断も適切であった。

——叔父とは、そういう人か。

諸葛亮は叔父を見直した。秋がすぎて冬になり、まもなく新年を迎えるころになると、豫章の風土になじみはじめた。このまま長い歳月をここですごせそうな気がしてきた。そういう気分のとき、吏人《りじん》らの話を小耳《こみみ》にはさんだ。

「徐州の陶謙《とうけん》が死んだらしい」

陶謙が病であったというのはほんとうで、病死したのだ、と諸葛亮はおもった。そうなると、徐州を守りぬけるほどの器量人がいない。いっそう危うくなった徐州に残っている兄上はどうするのであろうか。諸葛亮は胸を痛めた。

が、危ういのは、豫章もおなじであった。

すでに諸葛瑾が予想したように、豫章太守の不在を長安の朝廷も知り、おくればせながら、そこへ新しい太守を送り込むことにした。選任されたのは、朱皓《しゅこう》である。

文明《ぶんめい》というあざなをもつ朱皓は、偉大な父をもっている。

かつて黄巾《こうきん》の乱を皇甫嵩《こうほすう》とともに鎮圧《ちんあつ》した朱儁《しゅしゅん》が父である。勲功の臣である朱儁は太尉《たいい》という三公の位まで昇ったのであるから、その子の叙任《じょにん》はむしろおそいといってよかった。冬のあいだに長安をでた朱皓は、南下する途中で、

——豫章にはたやすく入れない。

と、知った。すでに豫章には袁術の息のかかった諸葛玄が入っていて、しかも江水沿岸域にある諸郡は、袁術の支配色に染まりつつあることを知ったからである。

——だが、活路はある。

朱皓は迂路《うろ》をえらんで江水南岸の丹楊《たんよう》郡へむかった。その郡を保持しているのは、揚州牧《ようぼく》の劉繇《りゅうよう》であり、かれは江水をはさんで敢然《かんぜん》と袁術と対峙《たいじ》している。劉繇は人格者であり、戦乱の世でなければ、その仁徳《じんとく》と行政能力の高さから、名臣のひとりに挙《あ》げられたであろう。朱皓は劉繇の力を借りるべく、晩冬《ばんとう》に、徐州から丹楊郡へ渡った。朝廷の決意を知った劉繇は、豫章を取れば丹楊と郡を連結できるので、

「兵を貸そう。年があらたまったら、豫章を攻めるとよい」

と、朱皓の勇気を称《ほ》めた。

戦火はついに江水を超《こ》えたといってよい。

早春に、さっそく朱皓は兵を西南へむけた。諸葛玄にとっては受難の年となった。南昌の

城を守る兵は、敵となった将が正式な豫章太守であるとわかっても、諸葛玄を支持して戦った。諸葛玄に徳望のあったあかしである。また長安で政柄《せいへい》をにぎっている者たちの評判の悪さがそうさせたといってよい。

諸葛亮は生まれてはじめて戦渦《せんか》のなかに立った。いちど叔父に従って城壁に登った諸葛亮は、

——ぞんがい敵兵は寡《すく》ない。

と、冷静に観《み》た。城兵の十倍の兵力があれば、城を囲む。それは『孫子《そんし》』という兵法書のなかにある戦法で、さほど兵法書を読まない諸葛亮でも、それは知っている。が、どうみても敵兵は城兵の十倍もいない。三倍どころか、城兵よりわずかに多い程度ではないか。すると敵兵はこの城を包囲できない。城の西にながれている川は濠《ほり》のかわりをして、城を守ってくれている。そういう地形であれば、敵兵は城を三方から攻めるしかないが、じつはそれもできていない。多くない兵を三分すると、かえって軍は弱体化してしまう。それゆえ、朱皓は軍を二分しただけで、南昌の城を攻めた。

朱皓の陣は稠密《ちゅうみつ》ではないのだから、城兵が出撃して、敵陣の薄いところを急襲すれば、勝てるのではないか。諸葛亮は実戦のむずかしさを感じた。城の一方にほとんど敵兵がいないということは、それが敵将の誘い、あるいは罠《わな》であるとも考えられる。出撃した兵が帰城できないほどに惨敗《ざんぱい》すれば、この城はまたたくまに落ちてしまう。それを恐れて叔父は防禦に徹しているのであろう。しかし籠城の利点とはなんであろうか。援兵の到着を待つため、と

いうのであればわかるが、袁術はたぶん南昌を救うための兵はださない。すると朱皓の軍の兵糧《ひょうろう》が尽きるのを待つためか。いや、城内の兵糧のほうがさきに尽きるのではないか。

諸葛亮には、籠城の意義がわからなかった。

攻める側の将である朱皓も、駆け引きを好まないのか、その攻撃にひたむきさをみせるだけである。守る側の将である諸葛玄もただひたすらに耐えている。将としてはどちらも凡器といえなくはないが、両者の性格のまじめさが体現されているともいえる。とにかく彼此《ひし》になんの策もないとすれば、

――気魄《きはく》の勝負になる。

と、諸葛亮は感じた。兄は叔父について、気の弱さがある、といっていた。それが気がかりである。

城中と敵陣が異様に静かな夜に、叔父がいそぎ足でやってきて、諸葛亮らを集め、

「敵は攻め疲れている。この機に脱出して、西城《せいじょう》へむかう。早く船に乗れ」

と、いった。敵兵に疲れがあるのなら、城兵はそれを衝けばよいのに、というのが諸葛亮の心中の声であったが、その声は胸裡《きょうり》で消えた。

城兵とともに諸葛玄はひそかに南昌の城をでて、西へ奔《はし》った。敵に圧迫されつづけたつらさがそうさせたのであろう。ただし諸葛亮は、この逃げるという行為にたまらない恥辱《ちじょく》をおぼえた。

叔父が西城にはいって抗戦の構えをしたことには、朱皓に負けたとはいいたくない、将と

しての意地があらわれている。しかし諸葛亮は、叔父は朱皓に負けたのだ、と実感していた。五十歩逃げてとどまった者が、われは百歩も逃げなかったと威張れるであろうか。

――叔父は南昌を奪回できないだろう。

それどころか、西城を保つこともむずかしいのではないか。すると、そのさきわれらはどうなるのか。諸葛亮は暗然として東の天空をながめた。

ようやく南昌《なんしょう》の城にはいった朱皓《しゅこう》は、すぐに追撃の兵を西城《せいじょう》へむけることをしなかった。軍としての体力をつかいはたしたといってよく、休息して、体力を回復させる必要があった。城内に食料はまったく残されておらず、軍を動かすには丹楊《たんよう》郡からの補給にたよらざるをえなかった。

だが、朱皓を支援するはずの劉繇《りゅうよう》は、自身の防衛に手いっぱいになっていた。九江《きゅうこう》郡の袁《えん》術《じゅつ》のもとから発した孫策《そんさく》に襲われていた。孫策は、袁術の有力な属将であった孫堅《そんけん》の子である。このとき孫策は二十一歳で、無名の将にすぎなかったが、倚信《いしん》した袁術に誠心《せいしん》のないことをひそかに怨み、自身の独立のために丹楊郡の攻略に乗りだしたのである。

袁術の脅威を江水《こうすい》のほとりではねかえしてきた劉繇であるが、孫策の苛《か》烈《れつ》な攻撃には抗《こう》することができず、ついに逃亡した。

丹楊郡はその南の会稽《かいけい》郡と境を接している。それゆえ劉繇は会稽へ奔《はし》ろうとした。しかしそれを諫止《かんし》したのが、許劭《きょしょう》である。この時代、人物鑑定の名人といわれた許劭のほうが劉繇よりも有名であったかもしれない。かれはこう説《と》いた。

「会稽は富裕の土地です。丹楊を得た孫策がつぎに欲しがるのが、会稽でしょう。会稽で窮《きゅう》すれば、もはや逃げ場はありません。それよりも、北は豫《よ》州につながり、西は荊《けい》州に接している豫章《よしょう》へゆかれたほうがよい」

「なるほど」

豫章には朱皓がいて、かれの誠実さを知っている劉繇は、江水をさかのぼる道を択《えら》んだ。

江水南岸の彭沢《ほうたく》に到着すると、属将の笮融《さくゆう》に、

「朱皓は諸葛玄《しょかつげん》に手こずっているようだ。なんじが行って、扶《たす》けよ」

と、命じた。

――しめた。

と、ほくそえんだ笮融は、この時代の奸雄《かんゆう》のひとりであるといってよい。かれは丹楊郡の出身で、おなじ郡から台頭した陶謙《とうけん》を佐《たす》けた。だが、もともと野心の旺盛《おうせい》な男なので、徐州《じょ》にあって、あるとき輸送すべき大量の物資を横領《おうりょう》して、自立した。その後、ものめずらしい仏教をつかって人々を威福《いふく》し、寺院まで建てた。その事実によってかれは歴史的に初期の仏教信者であるとみなされてはいるが、実態はどうであったか。それはそれとして、その後徐州が曹操《そうそう》の攻撃にさらされると、かれは江水を渡って、丹楊の劉繇に倚恃《いじ》した。以来、その軍事を助けたが、孫策に敗れ、劉繇に従って彭沢まできた。ここで自立する機会を得た。

兵を率いて、南昌に乗り込んだ笮融は、

「劉繇どのに命じられて、援助にきた」

と、いって朱皓に面会するや、いきなりかれを斬殺した。おなじような凶行《きようこう》を、以前、徐州にいたときもおこなったことがある笮融は、平然として、

「これで豫章をもらった」

と、うそぶいた。笮融の詐《あざむ》きを知った劉繇は、

――なんという男か。

と、怒り、兵を南昌へむけた。が、この軍は敗退した。劉繇は一度の失敗であきらめる人ではない。兵を鼓吹《こすい》して再度南昌を攻めさせ、笮融を逐斥《ちくせき》した。徐州にいたころとちがって笮融は郡県の民を喜ばせるほどの富力《ふりよく》をもっておらず、人望もなかったせいで、防衛力が不足していたのであろう。かれは城からのがれたあとに、山中に潜《ひそ》んだが、近くの住民に発見されて殺された。

ねばり強く西城にとどまっていた諸葛玄にとって、敵が劉繇にかわったことが不運となった。劉繇はつとにその清廉《せいれん》さによって高名であり、それを知っている豫章の民は、劉繇が清潔な政治をおこなってくれると、かれを歓迎した。じつのところ諸葛玄は劉繇にまさるともおとらないほど、官民へのおもいやりは篤《あつ》かったが、それを郡県の官民に周知させる時間がみじかかった。

「足下《あしもと》の民がざわついています。かなり危険な状態です」

そう吏人《りじん》に告げられた諸葛玄は、住民の叛乱ほど恐ろしいものはなく、防ぐ手立てもないとさとり、

「船を用意してくれ」

と、配下に指示した。

城下で住民が叛乱を起こしたとき、諸葛玄とその家族は、江水南岸の柴桑《さいそう》まで奔り、そこから船に乗って江水を泝洄《そかい》していた。柴桑の東に大きな沢があり、その沢のほとりの彭沢に劉繇が本拠を置いていたのであるから、この脱出はかなりきわどかった。柴桑の西に下雉《かち》という県があり、そこまで行けば荊州にはいったことになり、劉繇の兵は州境を越えて追ってくることはない。

下雉に到着したとき、諸葛玄は、死地を脱したというおもいが強くなったようで、大きくため息をついた。それから、あえて胸を張って、

「荊州の主《あるじ》である劉景升《りゅうけいしょう》は、かつて親交のあった人で、篤実な人柄《ひとがら》ゆえ、われらを粗略《そりゃく》にはあつかうまい」

と、いった。劉景升とは、劉表《りゅうひょう》のことである。兗《えん》州山陽《さんよう》郡出身のかれは、往時、宦官《かんがん》に睨《にら》まれ、党人として禁錮《きんこ》の対象とされたが、逃亡をつづけ、その禁令が解《と》けるまで逃げ切った。諸葛玄が劉表と交友関係にあったのは、いつのことかわからないものの、それをきいた諸葛亮の姉たちは、叔父の表情をみながら、手をとりあって喜んだ。陽都《ようと》県から南昌、西城へと移り、その間にあった戦いのすさまじさを身にしみて知ったがゆえに、戦いのなさそうな州

に移った安心感は、かつてないほど大きかったにちがいない。が、諸葛亮は、ふたりの姉の喜ぶさまを、ほとんど無表情で眺めていた。別のことを考えていたからである。

叔父は朱皓の武力に負けただけではなく、劉繇の徳の力にも負けた。劉繇はその徳望の大きさによって、西城に兵をむけることなく、城を落としたのである。

——戦いには、いろいろある。

それほどの劉繇でも、ほとんど無名の孫策に負けた。孫策がなぜ劉繇に勝てたのか、その実相《じっそう》を知るよしもないが、孫策の父であった孫堅の威福が、征路に効《き》いたのではあるまいか。

——事業を成功させるには、父祖の力も大きい。

その点、諸葛氏の祖先は、世間的印象が薄い。前漢《ぜんかん》の元《げん》帝の時代に司隷校尉《しれいこうい》に任じられた諸葛豊《しょかつほう》の功績をたれが知っていようか。それよりはるかまえに大叛乱を起こした陳勝《ちんしょう》の軍にいた将のひとりである葛嬰《かつえい》をなつかしむ人などは、いまの世にいるはずがない。敗退せざるをえない叔父のつらさもそのあたりにあったであろう。

——ひとごとではない。

これから諸葛亮自身も、おなじつらさに遭《あ》うのである。とにかく、なるべく早く、名士あるいは清士《せいし》と世間に認められ、その令名《れいめい》を基礎としないかぎり、叔父のように、衆目に注視される舞台にのぼってもそこから早々におりなければならなくなる。叔父には欲がなかった。この乱世においては、無欲であることは、美質にちがいなくてもけっして賛称《さんしょう》されない。個人の倫理のみごとさが顕彰《けんしょう》されるのは平穏な世においてである。

だが、諸葛亮はただひとつ叔父の偉さを認識した。

いうなればば叔父は敗軍の将である。おちぶれた将はしばしば配下の兵に殺され、その首は敵将へとどけられる。しかし叔父の配下に異心をいだいた者はおらず、かれらは叔父の逃避行を掩護《えんご》した。叔父に仁徳があった証左である。

諸葛亮は、劉表の本拠である襄陽《じょうよう》へむかう途中で、自身の未来図を脳裡に画《か》きつづけた。

諸葛玄《しょかつげん》は劉表《りゅうひょう》への面会をゆるされた。

しかし昔語《むかしがた》りをしただけであった。豫章《よしょう》での攻防についてなにも問われなかったので、それについては黙したまま退室した。つまり、諸葛玄は戦ったにはちがいないが、実態としては敗退しつづけたのであるから、かれに武徳はなく、また学者でも詩人でもないので文才もない、と劉表に見定められたため、賓客《ひんかく》としてあつかわれず、やや冷たくあしらわれたといってよい。

諸葛玄とその家族および従者は、襄陽《じょうよう》の城外に住むことになった。他州からの移住者は城内に住めない。諸葛亮《しょかつりょう》がひそかに予想していた通りの境遇となった。

たしかに諸葛玄は軍事の逸材ではないが、行政能力は高い。属吏《ぞくり》に裏切られなかったことでも、それがわかるではないか。それを洞察《どうさつ》する目が、劉表にはない。すると諸葛玄は襄陽付近にいるかぎり、死ぬまで活用されない。が、もはや諸葛玄はそれをいきどおる心力《しんりょく》をもたない。また、自嘲《じちよう》もせずに静かに暮らしはじめた。

――叔父はすっかり自己を見限ったのだ。

そう感じた諸葛亮は、怒りと悲しみを同時におぼえた。叔父に同情しつつも、叔父のようにはなりたくない、と発憤した。

以後、諸葛亮はひたすら学んだ。

この乱世にありながら、劉表は教育制度を確立して、荊州《けい》の文化を高めた。学問をする者にとって良好な環境が襄陽にはあった。だが、諸葛亮は学問の分野で名を高めたいとはおもっていない。それゆえ多くの書物を読んだが、精読をしなかった。大略を知ればよい、という読みかたであった。

かれの意識は別の方向へむかった。

「名士でありたい」

そこへむかって邁進《まいしん》したといってよい。

荊州には名士といわれる人がすくなくない。そのなかでも卓立《たくりつ》している名士は、司馬徽《しばき》、黄承彦《こうしようげん》、龐徳公《ほうとくこう》の三人である。

諸葛亮はその三人に認められないかぎり、ほんものの名士にはなれないとおもい、努力した。

ちなみに司馬徽は劉表の保護下にある文化人の指導者的立場にあるが、劉表に仕えているわけではない。人物鑑定にすぐれており、ゆがまない人物像をその目に映《うつ》すことから、

「水鏡《すいきよう》」

と、龐徳公から呼ばれた。むろんこれは褒《ほ》めことばである。

黄承彦も無位無冠であるが、この人は存在そのものに政治的威権を秘めていた。かれの妻は襄陽の豪族というべき蔡《さい》氏の出で、弟の蔡瑁《さいぼう》は劉表政権の基礎を定めた重臣であり、さらに妹の蔡夫人は劉表の閨閤《けいこう》を支配している継妻《けいさい》である。

さて、龐徳公こそ、諸葛亮がもっとも尊敬している人物である。隠者とよぶほど世俗とのかかわりを絶っているわけではないが、劉表がみずから足をはこんで招聘《しようへい》しても、その篤《あつ》い礼を容《い》れなかった高潔な人である。諸葛亮はその家への出入りをゆるされたあと、ひとり牀《しよう》下《か》で拝礼して、龐徳公が起きるのをいつまでも待つという態度をたびたびとった。それは卑屈な態度にみえるが、諸葛亮は恥辱《ちじよく》も苦痛もおぼえなかった。かれにとって龐徳公は神に比《ちか》い存在であり、その人にむかって拝礼しつづけるのは当然の姿態であった。

諸葛亮のふたりの姉のうち、上の姉は襄陽の西南に位置する中盧《ちゆうろ》県の蒯《かい》氏のもとに嫁《とつ》ぎ、下の姉も龐徳公の子である龐山民《ほうさんみん》の妻となった。諸葛亮の人脈づくりが功《こう》を奏《そう》したといえるが、ふたりの姉を婚家《こんか》へ送りだしてくれた諸葛玄への感謝も忘れなかった。そのあと諸葛玄は亡《な》くなった。

身軽になった諸葛亮は、弟の諸葛均《しよかつきん》に、

「居を移す」

と、いい、襄陽の西の隆中《りゆうちゆう》に新居をかまえた。その前後のことであろう。諸葛亮は黄承彦からこういわれた。

「きいたところでは、君は嫁を捜しているそうだな。われに女《むすめ》がいる。器量は佳《よ》くない、髪は赤い、色は黒い。しかし才能において、君に似合っているとおもう」

諸葛亮はためらわなかった。すぐに承知した。

喜んだ黄承彦は女を車に乗せてすばやく諸葛亮に嫁がせた。人々はそれを嗤《わら》い、

「孔明《こうめい》の嫁の択《えら》びかたをまねてはなるまい、承さんの醜女《しゅうじょ》をもらうことになるだけだ」

と、諸葛亮をおもに揶揄《やゆ》した。孔明は諸葛亮のあざなにはちがいないが、あざなは成人になってから用いるものなので、その娶嫁《しゅか》は諸葛亮が二十歳以後になされたことを暗に指している。

それはそれとして、諸葛亮は面長《おもなが》で、長身の好男子であることを知っている人々は、その唐突な結婚を意外に感じたのだろう。名士とひそかに結びつこうとする諸葛亮の下心をからかってみたくなったにちがいない。

しかし人々のかげ口を意《い》に介《かい》せず、諸葛亮は着実に手を打ち、龐徳公と黄承彦の姻戚《いんせき》となった。

それだけではなく、龐徳公は諸葛亮のことを、

「臥龍《がりょう》」

と、いって称《ほ》め、さらにそのほめことばが司馬徽に伝わって、その胸に納められたらしい。

臥龍とは、いまは臥《ふ》しているが、やがて天に昇る龍をいう。そこまで称揚《しょうよう》されると、これか

ら世のなかがどのように変転しても、諸葛亮は名士として悠々《ゆうゆう》と生きてゆける。たとえ荊州の宗主《そうしゅ》が劉表でなくなっても、あわてて移住しなくてもよい。

過去のにがい体験を教訓としている諸葛亮なりの世渡りにおける打算がこれといえなくもない。劉表の軍事と政策に発展性がないとみている諸葛亮は、たれも荊州を守ってくれない状況を想定し、保身をこころがけておく必要があった。のちに諸葛亮は、

　　苟《いやし》くも性命《せいめい》を乱世に全《まっと》うして、聞達《ぶんたつ》を諸侯に求めず。（『出師表《すいしのひょう》』）

と、述べた。乱世にあってもどうにか生命を全うして、評判を諸侯にとどくようにして栄達したいとはおもわなかった、といったが、本心であろう。万民と君主に尊敬されながら自給自足の生活をしている龐徳公の在《あ》りかたが、理想の一形態であった。

諸葛亮は二十代のなかばをすぎた。

やがて、この晴耕《せいこう》雨読《どく》の生活をわずかに波だたせる伝聞を耳にした。

「徐庶《じょしょ》が劉備《りゅうび》に仕えた」

諸葛亮の学友のなかでも、親友といえるのは、徐庶と崔州平《さいしゅうへい》だけである。

徐庶のもとの名は福《ふく》といい、あざなは元直《げんちょく》という。人のために仇討ちをするという俠気《きょうき》を発揮したため、逮捕されて、磔《はりつけ》にされかけた。刑死する寸前に仲間に救いだされた徐庶は、人の生死をみつめなおしたのであろう、過去のおのれを棄《す》てるように刀などの武器を棄てて、

学問の道にはいった。ところが学生たちは、徐庶をひそかにゆびさして、

「あれは賊であった」

と、ささやきあい、徐庶に近づこうとしなかった。ただひとり、徐庶に気心をかよわせた者がいた。広元《こうげん》というあざなをもつ石韜《せきとう》である。中原《ちゅうげん》の騒擾《そうじょう》がひどくなったため、ふたりは潁川《えいせん》郡から荊州へ移った。生まれ変わろうとした徐庶は、努力家であり謙虚であった。その目で学友の諸葛亮を観《み》て、微妙な翳《かげ》があることに気づいた。その翳は、端的《たんてき》にいえば、うしろめたさである。

——そういうことか。

諸葛亮の背後にある事情がわかった徐庶は、小さく膝《ひざ》を打った。諸葛亮の後見人であった叔父は、袁術《えんじゅつ》の手先となって豫章太守に赴任《ふにん》し、正規の太守にあらがって敗れ、なすすべなく荊州へのがれてきた。一時期、英雄と目《もく》されていた袁術はすでに亡い。が、晩年のかれはすこぶる評判が悪く、天子を自称したことから、死後は賊魁《ぞくかい》のようにいわれている。その臣下や属将もみさげられている。うしろゆびをさされたことがある徐庶は、諸葛亮の苦悩とくやしさを察することができ、親昵《しんじつ》するようになった。が、仕官についての志望をはっきり諸葛亮にいったことはなかった。

——元直は劉備を選んだのか。

諸葛亮は、一瞬、意外さにおどろいた。

かつて徐《じょ》州にいたころ、若い諸葛亮は、徐州牧《ぼく》であった陶謙《とうけん》の後継者になるかもしれない

劉備の名をきいたことがあった。実際、劉備は陶謙の死後に徐州牧となった。が、その後、勤皇《きんのう》の志士をきどる呂布《りょふ》に州を乗っ取られ、殺されそうになると曹操《そうそう》のもとに逃げ込んだ。やがて、厚遇してくれた曹操に背《そむ》いて徐州で独立したため、怒った曹操に討伐されて、冀《き》州の袁紹《えんしょう》を頼った。しかしそこでも腰をすえず、袁紹から離れて荊州の劉表に迎えてもらった。

劉備の戦歴は称められたものではない。あえて劉備に悪意をむけなくても、劉備は向背《こうはい》をくりかえしてきた節操《せっそう》のない将であるといえる。それでも荊州の人々は劉備に好意を寄せ、曹操と戦いつづけてきた無二の人と評している。それほど荊州には曹操嫌いの人が多い。

むろん諸葛亮は世評に同調しない。ただし、いまの世に信義を求めても意味のないことなので、その点、劉備の生きかたを責めるつもりはない。

――元直は劉備の将来をどうみたのか。

それについては多少の関心はある。なにしろ劉備は劉表の客将にすぎず、襄陽の北の新野《しんや》県に駐屯していても、その県を与えられたわけではなく、劉表のために北から侵入してくるかもしれない曹操軍の防ぎにつかわれているだけで、劉備自身は支配地を寸土《すんど》ももっていない。そんな劉備ではあるが、徐庶がもともといだいている義侠《ぎきょう》心を刺戟《しげき》するなにかがあるのだろう。

それについて気にしなくなるほど、時がすぎたころ、諸葛亮は岳父《がくふ》である黄承彦の家へ行った。黄承彦にとって諸葛亮は自慢の婿《むこ》であり、嫁いだ女《むすめ》のようすなどを訊《き》いて、顔をほころばせたあと、

「水鏡先生が、この地の俊傑《しゅんけつ》は、伏龍《ふくりょう》と鳳雛《ほうすう》であり、伏龍とはそなたのことであると劉備に語《つ》げたらしいぞ。いつか、劉備がそなたの家にゆくかもしれぬ」

と、おもいがけないことをいった。

「さようですか」

諸葛亮は平然をよそおったが、内心、動揺した。劉備にきてもらってはこまる。この地で悠々と暮らしてゆくという生涯設計をゆすぶるような訪問は拒絶したい。しかしながら、水鏡先生すなわち司馬徽は荊州の文化人の主導者であり、その人が、伏龍とは諸葛亮であると教えたこと自体、推挙にひとしい。ちなみに伏龍とは、地に伏せている龍で、臥龍と同義語である。なお、鳳雛は、鳳凰《ほうおう》の雛《ひな》をいい、まだ世にあらわれない英雄をいい、司馬徽は、それは龐統《ほうとう》である、といった。龐統は龐徳公の甥《おい》である。

——困った。

当然、劉備は謀臣となった徐庶に、諸葛亮とはどのような人物か、と問うであろう。帰宅した諸葛亮は、妻と弟に、

「劉備が訪ねてきたら、不在だ、と答えてくれ」

と、強くいいつけた。

この日から、諸葛亮《しょかつりょう》は考えつづけた。

――劉備《りゅうび》はわたしを訪ねてくる。

この予感は濃厚である。

どうしても会いたくない相手にたいして孔子《こうし》がおこなった手がある。不在である、と弟子にいわせておいて、客の帰りがけに、琴《こと》を鳴らした。居留守《いるす》であるとあえて客にわからせたことは、けっしてあなたには会わない、と相手に婉曲《えんきょく》に伝えたことになる。ここ、隆中《りゅうちゅう》山の麓《ふもと》の家でそれとおなじことをおこなえば、劉備の訪問は二度とない。

――それでよいのか。

いまの荊《けい》州の情勢は、以前の徐《じょ》州のそれに、いくぶん似ている。この州は曹操《そうそう》に狙われている。州の宗主にはふたりの男子がいるが、曹操の威圧をはねのけるほどの名望《めいぼう》をもっていない。徐州牧《ぼく》であった陶謙《とうけん》はそれがわかっていて、賢明にも州を劉備に譲《ゆず》り渡した。が、劉《りゅう》表《ひょう》は陶謙ほどの大度《たいど》をもっておらず、猜疑《さいぎ》心も強く、劉備を信用しきってはいない。すると、劉表の死後に、ふたりの子のどちらかが荊州の宗主となるわけであるが、たぶん、機《き》をみるに敏《びん》である曹操がすぐに兵馬を荊州にいれる。荊州の官民と豪族は曹操軍と戦うことができる人物は、劉備しかいないと知っており、宗主のもとではなく劉備のもとに集まるであろう。そういう状態になれば、劉備は勝とうが負けようが、荊州人を総攬《そうらん》することになる。

つまり、劉表の死後、劉備は望むと望まないとにかかわらず、荊州を取る。

――徐庶《じょしょ》が劉備に従ったのは、そこまで考えてのことか。

徐庶は賢い男であるから、熟考をかさねて、主人を選択したにちがいないのである。では、自分はどうすればよいのか。諸葛亮の自尊心の強さは尋常ではない。徐庶の後塵《こうじん》を拝するのはまっぴらである。

諸葛亮はひっそりとおだやかに生きたいと願う心の底にある顕揚欲《けんようよく》をうるさく感じた。東の孫権《そんけん》のもとに、兄の諸葛瑾《しょかつきん》がいることを、とうに知っており、それゆえかえって孫権には仕えたくない。曹操がいまや天下の半分以上を経営していることはわかっているものの、あの徐州の虐殺《ぎゃくさつ》以来、すくなからぬ嫌悪をいだいている。劉備を英雄とよべるかどうかわからないが、残っている大物はかれしかおらず、孫権と曹操とはちがう思想をもっていることも容易に推測《すいそく》がつく。諸葛亮がひそかにかかえている天下平定の企画《きかく》を、実現できるとしたら、劉備という存在を介《かい》するしかない。

あれこれ考えているうちに、はたして劉備がきた。山中で果木《かぼく》を捜して帰宅した諸葛亮は、弟からそれを告げられて、かすかに戦慄《せんりつ》した。

「劉備とは、どんな人物であったか」

「身長は兄上より低いものの、がっしりした体格で、耳が異様に大きい人です」

耳の大きさは、長寿のしるしである。

――劉備は長生きするらしい。

いくたび負けても劉備が死ななかったのは、その耳のおかげであろう。

「劉備の年齢は、なんじより、ちょうど二十歳上だ」

と、黄承彦《こうしょうげん》からおしえられた。いま諸葛亮は二十七歳であるから、劉備は四十七歳ということになる。その耳が劉備を七十歳まで生かせば、あと二十三年ある。

——二十三年か……。

魅力的な時間である。

季節が変わると、再度、劉備の来訪があった。そのとき諸葛亮は家にいたが、おなじように不在であると弟にいわせた。

数日後、雨がふった。

その雨を、諸葛亮がぼんやりながめていると、妻の黄氏が室にはいってきて、静かに端座《たんざ》した。

「お悩みですね」

「ふむ……」

諸葛亮はわずかに眉《まゆ》をひそめた。

「あなたさまは臥龍《がりよう》とも伏龍《ふくりよう》とも称されています。その龍は、これから地にもぐるためにねそべっているのでしょうか。龍が高く昇れば天は晴れ、低く降りれば雨がふります。龍が水を求めているときは、天下も晴れないのです。きいたところでは、劉備どののあざなは玄徳《げんとく》であるとか。木《もく》・火《か》・土《ど》・金《ごん》・水《すい》という五行《ごぎよう》で、玄は黒で、水徳の色です。龍が水神であることはいうまでもありません。水のない龍に、玄徳どのは水を運んできたのではありませんか。その水を得ないかぎり、龍は天に昇ることができず、天下は晴れません。さしでがましいことを申しました」

黄氏は頭をさげてから起《た》ち、足音を立てずに退室した。

――水か……。

妻はおもしろいところに目をつけたものだ、と諸葛亮は感心した。まだ天下は雨下《うか》にある、と妻は暗にいった。ここまで考えた諸葛亮の目に、雨は映《うつ》らなくなった。

「よし、起とう」

妻の深惟《しんい》をたしかめたおもいの諸葛亮は、もはや悩まず、劉備のみたびの訪問を拒絶しなかった。

人払いをした室内で、ふたりははじめて対面した。

――なるほど玄だ。

いきなり諸葛亮はそう感じた。黒という色は、ほかの色では染めようがない。

劉備という人はどこかで『老子《ろうし》』を読んだか、たれかに老子の思想を説《と》かれたのだ。たとえば『老子』のなかに、つぎのような文章がある。


天下は神器《しんき》なり。為《な》す可《べ》からざるなり。為す者は之《これ》を敗《やぶ》り、執《しゅう》する者は之を失う。


天下とは神聖な器《うつわ》である。それはどうしようもないものである。なんとかしようとする者はそれをこわしてしまい、固執《こしつ》する者はそれを失う、ということであるから、要するに、

「無為《むい》であれ」

と、説いている。実際、劉備はここまでそのように生きてきた。こだわりを棄《す》てたがゆえに、配下、側近だけではなく妻子をも棄ててかえりみなかった。が、諸葛亮にいわせると、こだわりを棄てるということにこだわっている劉備は、真の自由自在を得ていない。

劉備は若い諸葛亮に、辞《じ》も、腰も、低かった。

曹操の威権の伸張によって衰退しつづけている後漢《ごかん》王朝を嘆き、自身の徳のなさと力量不足をあからさまにいったあと、

「これから、わたしはどうしたらよいであろうか」

と、問うた。

その答えとして、諸葛亮が呈示したのが、

「天下三分の計」

である。天下を三つに分けて、それぞれを曹操、孫権、劉備が保ち治めるという構想である。だが、この構想は非凡というわけではない。そうではないか。曹操と孫権の政権は安定しており、不安定であるのは劉表の荊州と劉璋《りゅうしょう》の益《えき》州である。この二州を連結すれば、第三の勢力圏を形成できることは、たれにでも考えつくことである。

いま劉表は六十六歳であり、その齢まで、軍事はおもに重臣の黄祖《こうそ》まかせで、みずからが勇《ゆう》を鼓《こ》して難敵と戦ったことはない。また劉璋は威福に欠け、益州北部の漢中《かんちゅう》郡を支配する張魯《ちょうろ》という五斗米道《ごとべいどう》の教主《きょうしゅ》に手を焼いているという。その両州は、あえて劉備が取ろうとしなくても、おのずと手中《しゅちゅう》にはいる。それが天下平定の前処理《まえしょり》であるが、さらに後処理につい

ても語った。つまりこのとき諸葛亮が述べたのは、天下三分の計だけではなく、天下平定の計策であった。

「善《よ》いかな」

諸葛亮の説述《せつじゅつ》を聴いた劉備は、時勢にただようことをやめ、はじめて意志をこめた企画をもった。

この日、諸葛亮は劉備に従って草廬《そうろ》をでた。歴史の表舞台にのぼったということである。

ところで、諸葛亮のあざなは、

「孔明《こうめい》」

と、いい、この場合の孔は、とても、たいそう、などの意味をもつ。つまり孔明とは、とても明るい、ということである。劉備のあざなとのとりあわせを考えると、劉備の玄（黒）が諸葛亮の明るさをかかえたことになり、あえていえば、明暗がそろったことになる。


予見力にすぐれた諸葛亮《しよかつりよう》でも誤算はある。

かれが劉備《りゆうび》に仕えた年の翌年、八月に劉表《りゆうひよう》は病歿したが、そのまえの七月に、曹操《そうそう》が荊州《けい》を征圧すべく、軍を発していた。

荊州は混乱した。

軍事の中心となってきた黄祖《こうそ》が、すでに春に、孫権《そんけん》の属将である呂蒙《りよもう》らに攻められて敗死した。かててくわえて劉表が亡《な》くなり、戦陣に立ったこともない次男の劉琮《りゅうそう》が、州全体の官民を率いることができるはずもないとなれば、曹操軍を防いで荊州を守ることができるのは、劉備しかいないとみられた。

だが、重臣の意見に押しきられたかたちの劉琮は、劉備に一言の通知もせずに、あっさりと曹操に降伏した。曹操軍が、その時点で、南陽《なんよう》郡の中心地である宛《えん》県に達していたことさえ知らされなかった劉備は、劉琮がいる襄陽《じょうよう》の北の樊《はん》城の守りを棄《す》てて、逃げるしかなくなった。

――曹操軍と一戦もせずに逃げるしかないのか。

諸葛亮の誤算とは、これである。勝敗は別として、いちどは荊州兵を劉備の指麾《しき》下におくという事実をつくっておきたかったが、それをはたせず、曹操軍を恐れ劉備を慕う大群衆とともに、ただただ南下せざるをえなくなった。

だが、劉備には強運がある。

劉備とその従者が長坂《ちょうはん》（長阪《ちょうはん》）にさしかかったとき、劉備に面謁《めんえつ》を乞《こ》うた者がいた。

魯粛《ろしゅく》である。

かれは孫権の重臣で、劉表の死をきいて、弔問《ちょうもん》にゆく途中で、民衆とともに避難する劉備の窮状を知ったのである。劉備に謁見《えっけん》した魯粛は、どこまで逃げても曹操に追われることになる劉備に、孫権との同盟を勧《すす》めた。

それを黙ってきいていた諸葛亮は、

――この人物は話せる。

と、感じた。いまは曹操軍に猛追されて逃げるしかない劉備だが、やがてかなりの勢力を得ると予見したがゆえに、高圧的な話しかたをしない魯粛に、好感をいだいた。のちにわかることであるが、孫権の群臣のなかで、

「孫権に天下を取らせたい」

と、真に考えていたのは、魯粛ただひとりといってよい。その大志をいだいている魯粛が、

「劉備に天下を平定させたい」

という想《おも》いをもっている諸葛亮とここで会い、共有する思想を認めあった。それは、曹操を討伐するためには、孫権と劉備が手を結ばなければならないということである。

魯粛の勧誘に乗ったかたちの劉備は、諸葛亮に、

「魯粛どのに同行するように」

と、命じた。この決断によって、いちおう避難先を確保した。

魯粛とともに孫権のもとに急行することになった諸葛亮は、魯粛のしたたかさも感じていた。荊州に弔問にきたとはいいながら、その実、荊州の実態をさぐり、荊州を併呑《へいどん》する最良の手段を孫権に献策するつもりであったのだろう。が、荊州の事態はかれの予想をうわまわる変容をみせ、曹操にあっさり帰順してしまい、無傷の曹操軍が江水《こうすい》に達すれば、大船団を編制して孫権を討伐にくることは、火をみるよりもあきらかである。

曹操の大軍におびえて孫権が降伏してしまえば、劉備は化外《かがい》の地まで逃げなければならな

い。途中、諸葛亮は叔父に従って逃走したつらさを憶《おも》いだしたが、あのころおぼえた不安は、ここにはない。叔父とちがって劉備には声望があり、かれの官職も正式なものである。

おどろいたことに、孫権は柴桑《さいそう》まで進出していた。

諸葛亮の記憶にある地である。柴桑は豫章郡《よしよう》の北端にあり、かつて叔父にうながされて船に乗り、荊州へのがれる際に踏んだ地である。荊州のすぐとなりまで孫権がきていたということは、本気になって荊州取りをおこなおうとしていたことになる。

——孫権とは、こういう人か。

そのぬけめのなさを、これから用心しなければなるまい。諸葛亮の心中に皮肉な笑いが浮かんだ。孫権の目算《もくさん》ははずれたのである。孫権の敵は、劉表を失ってうろたえている荊州兵ではなく、その荊州兵をすばやく包含《ほうがん》した巨大な曹操軍にかわったのである。

むしろうろたえていたのは孫権軍である。すでに群臣のあいだで、抗戦か降伏かについての討論がおこなわれていた。やがて曹操軍が江水をくだりはじめたと知った群臣は、兵力の差があまりに大きいので、降伏するしかないという意見に固まりつつあった。その意見をひっくりかえしたのは、魯粛と周瑜《しゆうゆ》である。周瑜は孫権の兄の親友であることから、貴臣といってもよい。孫権から意見を求められた諸葛亮は、

「あなたさまは田横《でんおう》をご存じないのでしょうか」

と、故事をもちだして、孫権の自尊心を刺戟した。

田横は楚漢《そかん》戦争末期の斉《せい》王である。楚の項羽《こうう》を斃《たお》してほぼ天下を平定した漢の劉邦《りゆうほう》に、た

だひとり屈服しなかったのが、東方の田横である。その不屈の精神を讃美してみせた諸葛亮は、同時に、曹操に屈しない劉備よりあなたは劣るのか、と孫権を暗に嘲笑した。

孫権は慍《むっ》としたであろう。

もともと孫権は、兄の孫策《そんさく》とちがって、兵略家ではない。また、陣頭に立って敵陣にむかって矢を放つ勇姿をみせたこともない。それでもここでは、おのれの勇気をだせるだけだして、曹操と戦う、と決断した。

——そうしてもらわなければ、こまる。

諸葛亮はひとまず安心した。が、かならず孫権軍が勝つとはかぎらず、もしも負ければ、おそらく孫権の降伏は宥《ゆる》されるが、劉備はいちど曹操の信《しん》に背《そむ》いたことがあるので、宥赦《ゆうしゃ》されることはありえない。そのときはどうすべきかを考えながら、諸葛亮は魯粛とおなじ軍船に乗って、西へむかった。

もとは大資産家であった魯粛は、気宇《きう》の大きな人物で、

「わが軍は勝ちますよ。勝てないまでも、負けはしない。水軍の質がちがう。むこうの水軍の主力は、曹操の兵ではなく、荊州兵です。わが軍が荊州の水軍に負けたことはない。戦いは、量をみてはいけない。質をみることだ」

と、高らかに諸葛亮にいった。

——なるほど。

この誨諭《かいゆ》は、兵法に関心のなかった諸葛亮の胸を打った。

曹操軍と孫権軍の水戦は、十月に赤壁《せきへき》（烏林《うりん》）でおこなわれた。周瑜を将帥《しょうすい》とする孫権軍は火攻《かこう》をつかって曹操軍の船団を焼尽《しょうじん》し、大勝した。

その勝利によって、曹操に追いつめられることがなくなった劉備は、九死に一生を得たが、かれがこういう朝露《ちょうろ》のごとき危うさを体験したのは、これが最初ではない。劉備に仕えて多くの歳月を経てきたわけではない諸葛亮は、二千の私兵しか従えていない劉備をながめて、この人の命運は尋常ではない勁《つよ》さをもっている、とはじめて実感した。

この実感は、さらにつづいた。

敗退した曹操軍を追うかたちで西進した孫権軍が、荊州の南郡《なん》を攻めたものの、てこずった。そのあいだに、劉備は寡兵《かへい》を率いて荊州を南下して、四郡をすらすらと平定してしまった。荊州取りは、はじめから諸葛亮の企図《きと》にあったが、

――これほどうまくゆくとは……。

と、なかば驚嘆した。荊州の官民には、曹操にも孫権にも支配されたくないという感情が濃厚にあり、そういう感懐《かんかい》の襞《ひだ》に劉備はうまくはいりこんだといえる。

その四郡の総管《そうかん》を、諸葛亮がまかされた。

やがて周瑜の病死などがあり、情勢はますます劉備に有利になり、江水の北の南郡などに関羽《かんう》、張飛《ちょうひ》らが進出して、ついに荊州の大半を劉備が支配することになった。

こういうときに、益州《えき》の劉璋《りゅうしょう》から招請《しょうせい》があった。自分のかわりに漢中《かんちゅう》郡の張魯《ちょうろ》を討伐してもらいたい、という願望をふくんだ招きである。

「荊州の次に益州を取る」

事態は諸葛亮の計図《けいと》通りになりつつある。

益州に劉備がはいれば、かつて荊州の官民が劉備を敬慕したように、益州の官民も劉備に依倚《いい》するようになり、おのずと益州は劉備のものになるであろう。

劉備が兵を率いて出発したあと、その諸葛亮の予想はなかばあたった。

劉備を大歓迎した劉璋は、やがて、劉備が自分のために働くことなく、益州取りにきた、と判断し、劉備を殺そうとした。そのため、戦いになった。敵地にはいっての戦いとなったが、劉備はさほどあわてなかった。官民のなかには劉璋の政治に失望している者たちがかなりいて、益州の未来を劉備に託《たく》そうとしていたこと、また劉璋軍が勁強《けいきょう》ではないこと、さらに劉備を悩ますような良将が劉璋軍にいないことなど、劉備にとって有利な面が多々あったからである。

だが、劉璋も必死の手を打ち、劉備軍の後方を烈しくおびやかした。そのため劉備軍は進撃を停止し、いちど後退して、後方の脅威を払除《ふつじょ》しなければならなくなった。この時点で、劉備は諸葛亮に書翰《しょかん》を送った。

これは戦況を知らせるもので、救援要請ではなかったかもしれない。それを充分に承知のうえで、諸葛亮は将卒《しょうそつ》とともに益州へむかうことにした。劉備を援《たす》けるのではなく、進撃の速度をにぶらせないためである。

張飛と趙雲《ちょううん》を両翼として出発することにし、関羽には、

「荊州をおまかせする」

と、いって、荊州の統治をあずけた。関羽は猛将であるが行政能力もある。しかしこのとき諸葛亮は、徐庶《じょしょ》のいないさびしさを感じた。

荊州が曹操軍に侵された際、ともに南下した徐庶は、長坂において母が曹操軍に捕らわれたことを知り、断腸《だんちょう》のおもいで劉備に別れを告げて北へ去った。つまり曹操に仕えている。

「いまここに徐庶がいれば、かれを荊州に残したかった」

諸葛亮の胸裡《きょうり》のつぶやきは、そういうものであった。

「諸葛亮《しょかつりょう》らが荊《けい》州から益《えき》州へむかったのは、建安《けんあん》十九年（二一四年）の五月である」

と、『資治通鑑《しじつがん》』はしているが、実際は、もうすこし早い春のうちではなかったか。

とにかくこの年の閏《うるう》五月に、劉備《りゅうび》は首都の成都《せいと》にこもって抗戦をつづけていた劉璋《りゅうしょう》を降伏させた。

人の勢いにも増減がある。

益州のなかの蜀《しょく》郡を得た劉備の勢いは増大し、五年後の建安二十四年（二一九年）には、益州北部を守る夏侯淵《かこうえん》を撃殺して、漢中《かんちゅう》郡を得た。宿将の死をきいておどろいた曹操《そうそう》が漢中郡の奪回にきたが、劉備は堅守をつらぬいて、曹操軍につけいるすきをみせず、ついに漢中郡を守りぬいた。

あらためてふりかえるまでもなく、劉備は曹操と戦って勝ったことがなかった。が、ここではじめて負けなかった。昔の劉備とは運気がちがったといってよい。群臣はこの壮美《そうび》を喜《き》悦《えつ》し、劉備を漢中王として奉戴《ほうたい》した。

劉備の漢中王即位は七月であり、荊州にいた関羽《かんう》が州兵を率いて北伐《ほくばつ》を敢行したのが八月であるから、益州の盛況に刺戟されたといえるであろう。が、この北伐は、荊州取りをもくろむ孫権《そんけん》と呂蒙《りよもう》の餌食《えじき》とされて、退路をふさがれた関羽は敗死した。

しばらく劉備は悲憤《ひふん》をあらわにしなかった。が、かれの怒りと悲しみの烈しさは尋常ではなく、二年後に皇帝に即位すると、二か月後には、

「孫権を討つ」

と、宣言して、出師《すいし》の命令を下した。が、ほどなく、軍をだそうとしていた張飛《ちようひ》が幕下の将に暗殺された。悲報をうけた劉備は、

「噫《ああ》、飛が死んだ」

と、いっただけで、虚空をみつめつづけた。

諸葛亮は劉備の無謀な出師を止《と》めなかった。劉備という人は、所有を嫌っており、皇帝の位さえ棄《す》てようとしていることがわかった。棄てたあとにどこへゆくのか。おそらく関羽と張飛しかいない小宇宙へ、であろう。さきに関羽が死に、いままた張飛が死んだことは、兄弟以上の存在であるといってよいふたりに棄てられたというおもいが、劉備のなかで強くなっているであろう。もともと劉備は天下などに関心はなかったのではないか。関心があるの

は、諸葛亮自身である。

——主上は死ぬ気であろう。

劉備の出発を見送った諸葛亮はそう感じた。はたして荊州に侵入した劉備は皇帝でありながら最前線で将卒《しょうそつ》を指麾《しき》した。この軍は孫権軍を圧倒したが、翌年の六月に、陸遜《りくそん》らに逆襲されて敗退した。劉備としては勝とうが負けようが、孫権軍と戦わなければ、あの世で関羽にあわせる顔がないというおもいであったろう。

劉備は戦死することなく、益州の東端の魚復《ぎょふく》県までしりぞき、そこにとどまった。魚復はまもなく永安《えいあん》と改名される。なお、往時、蜀を本拠として天子と称した公孫述《こうそんじゅつ》がその地に白《はく》帝《てい》城を築いたので、白帝城と永安県は同一視されているが、じつは両所はすこし離れている。永安県の駅舎を改築して宮室とした劉備が、そこに滞在したまま越年し、罹病《りびょう》した。最初は軽い下痢《げり》のような症状であったが、回復にむかわず、覚悟を定めた劉備は、

——亮に伝えておきたいことがある。

と、おもい、二月に、諸葛亮を急行させた。

さて、ここで、奇妙な事実がある。

劉備からの詔書《しょうしょ》をうけとった諸葛亮が永安へむかって発つ際に、帯同したのは劉永《りゅうえい》と劉理《りゅうり》というふたりの皇子であり、かれらの兄にあたる皇太子の劉禅《りゅうぜん》を成都に残したという事実である。

「劉備は病気ではないか」

というわさが益州の辺地にながれたのは、すでに昨年の十二月であり、平癒《へいゆ》の報《しら》せが成都にとどかないかぎり、劉備の病が悪化しつつある、と想《おも》うのがふつうである。しかも丞相《じょう》の諸葛亮が急遽《きゅうきょ》呼ばれたとあっては、劉禅としては、

「父上が崩じられるのは、遠いことではない」

と、感じ、亡《な》くなるまえに父上にお会いしたい、というのが当然である。この孝心を無視して、諸葛亮が、

「なりませぬ」

と、止める理由がみあたらない。劉禅が成都を離れると多少の不都合が生じるものの、孝行を至上とするこの時代の思想からみれば、そのような不都合はもののかずではない。

が、劉禅は成都に残った。

残るように劉備から指示されたとしか考えられない。

父から拒絶されたというおもいの劉禅は、悲しく、また不安であったろう。ふたりの弟が永安ゆきをゆるされたということは、遺言によって弟のどちらかがつぎの皇帝になると考えられるからである。

永安宮に到着した諸葛亮は、さっそく病室にはいり、この日から、四月に劉備が亡くなるまで、病室から離れなかった。

重態となった劉備は諸葛亮にこういった。

「君の才能は曹丕《そうひ》（曹操の子）の十倍ある。かならず国家を安定させ、最後には天下平定と

いう大事を成すであろう。もしもわが嗣子《しし》が輔《たす》けるにあたいするようであれば、輔けよ。不才であれば、君が皇帝になればよい」

こういう話を劉禅にきかせたくなかったので、永安へこさせなかった、とみるのが正解であろう。このとき劉禅は十七歳であり、まだ賢愚がさだかではなかったので、かつての陶謙《とうけん》のように思い切りのあざやかな譲位ができなかった。

諸葛亮は泣いて、

「わたしは新皇帝の股肱《ここう》となって力をつくし、死ぬまで忠節をつらぬきます」

と、述べた。ところでここに尚書令《しょうしょれい》の李厳《りげん》がいて、劉禅の輔佐《ほさ》を諸葛亮とともに任ぜられた。かれは内心、

――劉禅は不才だ。

と、みきわめており、諸葛亮が劉備にむかって誓ったことは、なかば妄《うそ》だ、と意《おも》った。そうではないか。丞相とは、往時の司徒《しと》、司空《しくう》、太尉《たいい》という三公の権能を集約した権力をもつ。曹操をみればわかる。丞相となった曹操は、やがて魏公《ぎ》となり、ついで魏王となって、後漢《ごかん》王朝を無力化した。劉禅という昧《くら》い皇帝を臣民が崇《あが》めるはずがなく、諸葛亮に公となり王となってもらいたいと願うであろう。

李厳の予見とはそういうものであり、諸葛亮がその予見にそった利害の道をすすまず、誓った通りの生きかたをしたことによって、李厳は道をふみはずすことになる。

ところで、劉備が逝去《せいきょ》するまえから、諸葛亮には課題があった。

南中《なんちゆう》とよばれる益州南部の騒擾《そうじよう》である。

それを鎮《しず》めないかぎり、安心して北進して魏軍と戦うことはできない。

八月に劉備の埋葬を終えた諸葛亮は、馬謖《ばしよく》を呼んで、

「南中の鎮圧をどうしたものであろうか」

と、諮問《しもん》した。馬謖は荊州の出身で、兵法に精通していた。さきに述べたように諸葛亮の読書はその大略をつかめばよいというものであったので、兵法書のすみずみまで精読してきた馬謖から知識を得ることを喜んだ。また馬謖は南の越巂《えつすい》太守になったことがあるので、南中の地形と情勢についてもくわしい。

「三路をつかって南征なさることを、お勧《すす》めします」

「東《とう》、中《ちゆう》、西《せい》の路を南下するということか」

この征路は理にかなっているとおもった諸葛亮は、二年後に南征を敢行した。見送りにきた馬謖に、諸葛亮は、

「歴年《れきねん》、ともに南中征伐を謀《はか》ってきたが、いま、さらなる良策はあるか、あるなら教えよ」

と、いった。

「そもそも用兵の道は、心を攻めるを上とし、城を攻めるを下とします。どうか、公よ、南中諸族の心を服従されますように」

馬謖は気のきいた答えかたをした。

南征軍は三軍である。馬忠《ばちゆう》が東路軍を、李恢《りかい》が中路軍を、諸葛亮が主力の西路軍を率いて

進撃した。

越嶲郡にはいった諸葛亮はむやみに動かず、卑水《ひすい》のほとりに軍営を築いて、敵将の高定元《こうていげん》（または高定《こうてい》）が兵を集結させるのを待ち、一気に敵陣を切り崩して、高定元を撃殺した。さらに南下した諸葛亮は、孟獲《もうかく》と遭遇し、その兵を破って、孟獲を捕らえた。が、ここで諸葛亮は自軍の兵さえもおどろかすことをおこなった。せっかく捕らえた敵将を縦《はな》ったのである。このおどろきが誇大化されて、

「七縦七擒《しちしょうしちきん》」

つまり敵将を七たびにがして七たび捕らえた、という伝説になったのであろう。敵の心を服従させることが兵法の上である、という馬謖の助言を、諸葛亮は活《い》かして、南征を成功させた。


成都《せいと》に凱旋した諸葛亮《しょかつりょう》は、馬謖《ばしょく》への信頼をいよいよ篤《あつ》くした。

つぎは北伐《ほくばつ》である。

その兵略について馬謖はこういった。

「勝つとは、勝ちつづけることなのです。たとえば奇襲によって敵の城を落としても、その城を保ちつづけなければ意義がない。それゆえ城攻めにこだわることは、やめましょう。益《えき》州から北に撃って出れば、雍《よう》州にはいります。雍州を二分して西側を獲《と》るのがよろしい。そ

のためには北路をわたしが、南路を公がふさいでしまえばよい」

城攻めは地図上の点を取るにひとしいが、馬謖は面を取る、という。この発想は、すでに戦国時代の後期に秦《しん》の宰相《さいしょう》となった范雎《はんしょ》の頭脳からでたもので、孫子《そんし》の兵法の対極をなすものでもある。

——雍州の西半分を益州につなげてしまう。

面を徐々に増やして魏《ぎ》を圧迫する。この戦法を最上とした諸葛亮は、南中《なんちゅう》征伐から帰った年からかぞえて二年後に、

『出師表《すいしのひょう》』

を劉禅《りゅうぜん》に奉《たてまつ》って、成都を発した。『出師表』の冒頭に、
先帝《せんてい》業《ぎょう》を創《はじ》めて未《いま》だ半《なか》ばならずして、中道《ちゅうどう》にして崩殂《ほうそ》す。

と、あり、その業というのは、天下平定の事業をいう。その大事業を自分がうけつぐという諸葛亮の自負《じふ》があらわれている。

諸軍を率いて北へむかった諸葛亮は漢中《かんちゅう》に駐屯した。すぐに北に出撃しなかったのは、敵に自軍の狙いを察知されないために陽動作戦が必要であったからである。その陽動作戦のひとつが、魏の新城《しんじょう》太守である孟達《もうたつ》を誘引《ゆういん》することである。孟達はもともと劉璋《りゅうしょう》の臣下であったが、成都に劉備《りゅうび》がはいると、かれに臣従した。その後、関羽《かんう》が危難に遭遇したとき、救援

に駆けつけなかったことを劉備に叱責《しっせき》されることを恐れて、魏に降《くだ》った。が、孟達に目をかけてくれた曹丕《そうひ》が崩じたことで、孤立しはじめた。それなら蜀《しょく》に帰るがよい、と諸葛亮が誘い、魏にむかって叛旗《はんき》を掲《かか》げさせようとした。

いまひとつは、趙雲《ちょううん》と鄧芝《とうし》に軍を率いさせ、おとりにつかったのである。この二将の軍は、斜谷道《やこくどう》をでて雍州の郿《び》県を襲う、と喧伝《けんでん》させ、魏の主力軍を率いる曹真《そうしん》の目を斜谷道にむけさせた。

が、孟達の態度は煮え切らず、迷いに迷っているうちに、司馬懿《しばい》に速攻されて、あっけなく敗死してしまった。年が明けてしまったのである。

待機が長すぎたといえる蜀軍は、ついに益州をでた。諸葛亮が率いる蜀の主力軍は、斜谷よりはるかに西の祁《き》山道《ざんどう》をすすみ、魏の要塞のある祁山を攻撃した。

ところで、こういう進撃路を諸葛亮が示すまえに、南鄭《なんてい》県でおこなわれた軍議が重要である。

その席で、猛将といえる魏延《ぎえん》が、

「わたしに五千の兵とその人数分の兵糧《ひょうろう》をお貸しくだされば、子午道《しごどう》を通り、十日のうちに長安《ちょうあん》に到ります。城を守っている夏侯楙《かこうぼう》（夏侯惇《かこうとん》の子）は、かならず逃走するでしょう。魏が兵を集めるには、二十日ほどかかりましょうから、その間に、公は斜谷から長安にこられれば、一挙に咸陽《かんよう》県より西を定められます」

と、強く述べた。

この策は、敵ばかりか味方をもおどろかす奇想といってよいであろう。それだけに実行すれば成功する確率が高かったとおもわれるが、馬謖と兵略を練《ね》りつづけてきた諸葛亮にとっては、遠い城を落とすことは、領土を拡げることにならない、という観念から、論外の策であった。だいいち軍議そのものが形式的で、諸葛亮は諸将の意見を採用する意思をもたなかった。

だが、長安という大きな都邑《とゆう》を、もしも陥落させれば、天下に与える衝撃ははかりしれないほど大きく、長安のあたりから西の広域（雍州のすべてを含む）を、一気に平定できたかもしれない。しかしそれは危険すぎると諸葛亮は判断した。

また、北路をふさぐための先陣を、魏延ではなく馬謖に率いさせる、といった諸葛亮の決断に、諸将はそろっておどろきの色をみせた。

――馬謖には将としての実績がない。

諸将の疑念がわからぬ諸葛亮ではない。しかしながら、たとえば魏延を先陣の将に任じて北進させれば、北路をふさげという諸葛亮の命令を放擲《ほうてき》し、迫ってくる敵軍に勝とうとし、交通路を遮断しつづける戦いかたをしないであろう、と危惧《きぐ》せざるをえない。

馬謖の発想を他の将に理解させるのはむずかしく、本人にやらせるしかない、と諸葛亮は最初から決めていた。たとえ馬謖が実戦の経験不足であっても、むかってくる魏軍が主力ではないので、拒《ふせ》ぎ切るであろう。

祁山道をおりた蜀軍は二軍にわかれ、馬謖は北上して、街亭《がいてい》という地に布陣した。平地ではなく山に籠《こ》もったのは、長期の防戦を意図している。

　蜀軍の出現は西方の諸族を驚愕させ、魏の支配を嫌う族はつぎつぎに蜀軍に呼応した。馬謖と諸葛亮の狙いはあたったというべきであろう。あとは馬謖の軍が魏軍を拒ぎつづければ、雍州の半分を取れる。

　が、戦況は最悪となった。

　急行してきた魏将の張郃《ちょうこう》に水の手を断たれた馬謖軍は、あっけなく大敗した。馬謖の戦いかたのまずさ、死傷の多さ、引き揚げかたのぶざまさなどを知った諸葛亮は、怒りと悲しみを同時におぼえた。大言壮語を吐いていた馬謖をゆるせないこともあるが、それにもまして馬謖に先陣をまかせた自分をゆるせなかったであろう。

　以前、永安宮《えいあんきゅう》で劉備の看護にあたっていたとき、劉備からこういわれた。

「馬謖の言《げん》はその実質より過ぎている。重く用いてはならない」

　このことばをききながして、大失敗をした自分がある。諸葛亮はいままで失敗をおかしたことは、いちどもない。最初の失敗がこれであった。

　――皇帝と国民に謝罪しなければならない。

　この戦略を主導した馬謖と諸葛亮は、死んで詫《わ》びなければならない。この決意のもとに、馬謖を誅殺《ちゅうさつ》した諸葛亮は、

　――われが自裁《じさい》すると国家が立ちゆかなくなる。

と、考え、自身の位を三つ下げて、処罰のかたちとした。

この北伐をふくめて五回の出師をおこなった諸葛亮は、五回目に斜谷道をでて、五丈原《ごじょうげん》に滞陣しているあいだに病歿した。五十四歳であった。

二回目は敵の城を急襲したが、防備が重厚で攻めあぐね、三回目は領土を増やす策戦で、これは成功した。四回目からは、決戦主義にきりかえたが、敵将の司馬懿が決戦を避け、堅陣《けんじん》を保ったままであったため、ほとんど遠征の成果を得られなかった。それらの戦いかたをざっとふりかえると、初回の出師が決定的な勝機をふくんでいたといわざるをえない。

だが、諸葛亮が城を急襲するという兵術を棄《す》て、敵軍の主力と堂々と決戦をおこなう戦法を執《と》ったことは、そこに武人としても成長したあかしがあろう。なにしろ敵将はしたたかな司馬懿である。司馬懿は文人《ぶんじん》あがりであるにもかかわらず、兵略に長《た》け、いかなる戦場でも敗退したことはない。戦えばまず勝った。これほどの将が、諸葛亮の蜀軍にたいして手も足もでなかったという事実は、諸葛亮への暗《あん》の褒詞《ほうし》となろう。

諸葛亮は戦場にあっても幕府を設けて政務をおこたらず、鞭打《むちう》ちのような軽い刑罰でさえそこで処理していたことで、司馬懿をおどろかした。それほど諸葛亮は内政に心をくばっていた。益州の民は諸葛亮の善政を心身で感じていたのである。

また劉禅と諸葛亮の関係は、この時代にあって、奇蹟的に清美《せいび》であった。

丞相《じょうしょう》に万機《ばんき》をにぎられている皇帝は、その窮屈さを脱するために、丞相を暗殺するなどの排除方法を側近とともに模索《もさく》する場合がしばしばある。が、劉禅の近くからそのようななまぐさい臭いが立ったことはいちどもなかった。諸葛亮も、実質的に国家を専有していながら、劉備を恐れさせ不快がらせる圧力をかけたことなどなく、劉禅の周辺にこまやかな気づかいをさりげなくおこなった。

その関係の清爽《せいそう》さが、ひときわ諸葛亮像をあざやかにし、万民に敬慕される存在にさせたといえる。

死に臨んだ諸葛亮は、

「われを定軍山《ていぐん》に葬るべし」

と、遺言した。この山は漢中郡の西部にあって、北から侵入してくる敵軍を防ぐための要害のひとつである。諸葛亮は死んでもなお蜀という国家を守護しようとしたのであろう。

趙雲

ちょううん

地が沸騰《ふっとう》しつづけている。

子龍《しりょう》というあざなをもつ趙雲《ちょううん》は、そんな感じをいだいている。占いの書である『易《えき》』には、

――雲は龍に従い、風は虎に従う。

という一文があるので、雲という名と龍というあざなの関係はそこに求めてよいであろう。

天下を震撼《しんかん》させた黄巾《こうきん》の乱がいちおう鎮静してから、五年以上が経《た》つというのに、常山《じょうざん》国の若者たちは、足の裏に地の高熱を感じるように、居ても立ってもいられない。

趙雲が兄とともに住んでいる真定《しんてい》県の若者たちもおなじで、しばしば趙雲のもとに集まった。趙雲は、

「姿顔雄偉《しがんゆうい》」

と、いわれるように、まだ二十代の後半という歳でありながら、大人《たいじん》の風格をそなえている。

　若者たちは烈しく討論をおこなった。その討論のまとにされている人物はふたりいる。ひとりは、みずから車騎《しゃき》将軍の号をとなえ、東方の諸侯同盟を主宰した袁紹《えんしょう》である。いまひと

りは幽州《ゆう》において台頭し、その威勢を冀州《き》まで南下させようとしている公孫瓚《こうそんさん》である。

常山国は冀州のなかにあるので、真定県の若者たちの大半は、実力を伸長している袁紹に従って、揺蕩《ようとう》している河北を鎮《しず》めるのがよい、とした。が、小半《しょうはん》の若者たちは、猛反発をした。

「袁紹は郡守ではあるが、冀州牧《ぼく》ではない。また公孫瓚にいたっては郡守ですらない。冀州牧は韓馥《かんふく》であり、幽州牧は劉虞《りゅうぐ》である。そのふたりがおこなう軍事が正しいのであるから、むやみに袁紹に従うのは邪道である」

正論であった。

が、意見を求められた趙雲は、その正論を支持しなかった。

「先古《せんこ》、秦《しん》王朝末期の大乱の際に、乱を起こした陳勝《ちんしょう》と呉広《ごこう》に正義があると天下の士と民はみたが、実際にはそうはならなかった。その後、傑人《けつじん》があちこちにあらわれたものの、天下を制することはできず、けっきょく遅く起《た》った項羽《こうう》と劉邦《りゅうほう》の争いとなった。いまが、その状態に比《ちか》いのであれば、政府側の韓馥と劉虞の正当性は消滅してしまう。とはいえ、袁紹と公孫瓚が、項羽と劉邦にあたるとはかぎらない」

趙雲は結論めいたことはいわなかった。

――まだ、なにもみえない。

正直にいえば、そうである。時は晦冥《かいめい》のなかにある。正義の光はまったくみえない。趙雲は人一倍正義を求める心が強い。正義をつらぬく者は滅びない、と信じている。とにかく時代が悪い。皇帝と朝廷を、西方の梟雄《きょうゆう》である董卓《とうたく》がわしづかみにしている現状では、中央政府が悪の根元に化している。その政府のために働けば、悪の手先にみられてしまう。ゆえに、正義を叫んだところで、うかつに郡県から踏みだせない。すでに官途に就《つ》いて州郡県の高官になっている者たちこそ、なにが正しいのかがわからず、趙雲よりも苦悩は深いであろう。

河北には冬の到来が早い。凍雲が天空にはびこるころ、数人の若者が趙雲の家に飛び込んできた。

「子龍さんよ、国が義勇兵を募集している。ゆこう」

趙雲が起たないと、家をでたがっている次男、三男などの若者たちがまとまらず、発《た》ちにくいということである。

「乱があったとはきいていないし、この国が賊に攻め込まれたわけではあるまい」

趙雲はいぶかった。

「元氏《げんし》へゆけばわかるさ」

常山国の国都を元氏という。その位置は、真定の南で、およそ七十里はなれている。遠くはない。

兄のまえに坐った趙雲は、

「国都へゆかなければ、郷里の若い者たちがおさまらないようなので――」

と、説《と》いて、出発した。百数十人の若者たちにかつがれたかたちである。

国衙《こくが》のまえの広場に集まった者たちは、ざっと算《かぞ》えて五百人である。

国王の代理として衆前にあらわれた相《しょう》は、袁紹と公孫瓚から檄文《げきぶん》がまわってきたことを告げ、両者のどちらかに兵を遣《や》ることにした、と宣《の》べた。

――そういうことか。

趙雲は帰りたくなった。これは一種の詐術《さじゅつ》であろう。袁紹と公孫瓚から、われに与《くみ》せよ、と恫《おど》され、やむなく兵をださざるをえなくなった。が、国の正規兵をどちらかに遣ると、片方から怨まれるので、国王と相の意向にかかわりのない義勇兵がかってに与力《よりき》する相手を選んだことにして、派兵に最初からいいわけをかまえる策であろう。

「この出兵が意義あるものであるためには、どうすればよいか、ここで議論せよ」

と、相は集まった者たちに論争させた。

趙雲は黙ってきいていた。はじめて耳にする情報もあった。

二時後《ふたとき》に論争をやめさせた相は、

「衆議はまとまらぬ。それでも発たねばならぬ。督率《とくそつ》する者を選べ。その者に一任する」

と、いった。言下に、真定の若者たちは趙雲をゆびさした。この広場にはいったときから、趙雲はその雄偉さから異彩を放っており、他県からきた者たちも、趙雲を注視して、

「あれは、たれであろうか」

と、ささやきあった。すぐに真定のひとりが立って、

「ここにいる趙雲・子龍は、戦国の世の趙王の裔孫《えいそん》であり、その血胤《けついん》もさることながら、衆を引率《いんそつ》するにふさわしい者です」

と、大声で述べた。趙雲の氏は、たしかに戦国時代の趙王室のそれであるが、当時、趙王は功績のあった臣下にも趙という氏をさずけたので、趙雲の先祖が趙王であるとはかぎらない。発言者はみなを威圧するために、あえてそういった。

異論をとなえる者がいないとみた相は、

「趙雲は、どこにいるか。まえにでて、所見を述べよ」

と、命じた。

国の腰の軽い対応に関しては、阿呆《あほ》らしいとおもいながらも、趙雲が広場から立ち去らなかったのは、兵としてでてゆく郷里の若者たちを棄《す》てることになるのは忍びないとおもったからである。趙雲自身も、いちど国の外にでて、時勢の真実をさぐりたい気持ちがあったことはいなめない。

相にむかって一礼し、衆前に立った趙雲は、

「みなの討議をきいていて、ひとつ、わかったことがある。袁紹は自身の威勢を伸ばすためにだけ兵を動かした。それにひきかえ、公孫瓚は、倫紀《りんき》においてまさるとは断言できないものの、衆庶《しゅうしょ》のために戦って賊を大破した。ゆえに、いまは、公孫瓚に与力すべきであると考える。これに賛同できぬ者は、ここから去るがよい」

と、いった。すると、五十人ほどが起って、広場をあとにした。わずかなざわめきがしずまったのをみた相は、

「馬と武器それに兵糧《ひょうろう》などは、すべてととのえてある。なんじらに十数人の吏人《りじん》がつきそっ

てゆく」

と、いい、吏人らを呼んだ。それをみた趙雲は、

――国としての体裁《ていさい》が、それか。

と、内心嗤《わら》った。

ところで公孫瓚が賊を大破したというのは事実である。東方の青《せい》州と徐《じょ》州で起った黄巾の兵三十万が、となりの泰山《たいざん》郡を寇掠《こうりゃく》したものの、泰山郡太守の応劭《おうしょう》によって駆逐《くちく》された。そこでかれらは冀州勃海《ぼっかい》郡に侵入して、冀州南部にはびこっている黒《こく》山の賊と合流しようとした。それを知った公孫瓚は、騎兵二万を率いて南下し、東光《とうこう》県（勃海郡西南部）の南で迎撃《げいげき》して、黄巾の大軍を大破した。その功によって、公孫瓚は奮武《ふんぶ》将軍を拝命し、薊《けい》侯に封《ほう》ぜられた。あえていえば、このころの公孫瓚の武威は、袁紹のそれをはるかにしのいでいる。

若いころの公孫瓚については、

「姿貌《しぼう》美し」

と、『後漢書《ごかんじょ》』に書かれているように、比類ない好男子であった。このころの公孫瓚の年齢は三十代の後半であり、それでも面皮に美貌の余韻をとどめていた。

常山国から付き添ってきた吏人は、本営をおとずれて、公孫瓚に面会し、

「わが常山国の若者たちが、どうしても将軍に与力したいと申すので、国王のゆるしを得て、引率してまいりました」

と、諛悦《ゆえつ》するようにいった。

した。

「おう、そうか」

公孫瓚は喜び、さっそくその義勇兵をみたが、四百数十人という寡兵《かへい》であったので、失笑した。

常山国《じょうざん》の義勇兵を督率《とくそつ》するのは、この男だな、と趙雲《ちょううん》をみすえた公孫瓚《こうそんさん》は、

「きいたところでは、冀《き》州の者たちはみな袁《えん》氏に属《つ》くことを願っているという。君はどうして、われを正しいとみて、ここにきたのか」

と、からかうようにいった。

――この人には、士をもてなす心がない。

それは、非凡な才能を洞察《どうさつ》する目をもっていないことに通ずる。趙雲は公孫瓚の失笑をみのがさなかった。

かつて天下を平定した劉邦《りゅうほう》は豪放磊落《ごうほうらいらく》にみえながら、勇者を好むだけではなく、女のごとき蒲柳繊弱《ほりゅうせんじゃく》の張良《ちょうりょう》を歓待しその知謀を尊重した。繊細な感覚をもっていた証左である。ある意味で、それが政治力というものでもある。予想とちがって、公孫瓚にはそれがない。

武の力には限界があるが、徳の力は無限である。

兵力の貧弱さを、いきなり嗤《わら》われた常山の若者たちは、公孫瓚のために働く気がうせたであろう。たとえ四百数十の兵でも、その力を最大限に発揮させるようなあつかいをするのが、

政治力なのである。

そういうおもいを脳裡にめぐらせつつ、趙雲は、

「天下は訩々《きようきよう》として、いまだにたれが正しいのかわかりません。民はさかさ吊りにされるような厄難《やくなん》のなかにあります。わが州の論議としては、仁政のあるところに従うということです。袁公をゆるがせにして、私的に将軍を尊ぶわけではありません」

と、答えた。

公孫瓚の軽侮《けいぶ》をはねかえすようないいかたである。ちなみに、訩々、というのは、やかましくさわぐさまをいう。使用頻度《ひんど》の低い語であるが、それをあえてつかったところに、趙雲の意地があらわれているであろう。

ほどなくこの常山兵の小集団は移動を命じられた。

このとき常勝将軍といってよい公孫瓚は、出身の幽《ゆう》州だけでなく、冀州さらに青《せい》州の支配をもくろんでいたので、田楷《でんかい》と劉備《りゆうび》という二将を青州へ遣《や》ることにした。田楷が主将、劉備が佐将といってよい。趙雲は公孫瓚に呼ばれて、

「君は劉備に従うように」

と、いいわたされた。隊にもどった趙雲がそれをみなに伝えると、うつむく者が多かった。冀州の安寧《あんねい》を願って常山をでてきたのに、公孫瓚軍に付属できず、別働の軍に付けられて冀州の外にだされるのは、本意ではない。

趙雲と同郷の者は、

「子龍《しりよう》さん、これでは義のある戦いはできない。常山に帰ろうや。きいたところでは、田楷は良将でも、劉備は勝ったことのない凡将だそうな。どうせ青州へ行っても負ける」

と、帰郷を勧《すす》めた。一考した趙雲はみなにむかって、

「一戦もせずに帰ったら、義勇の名が泣く。みなと常山に帰るつもりだが、もうすこし待ってくれ」

と、いい、三人の兵とともに劉備に会いに行った。

劉備の外貌には特徴がある。

――耳の大きい人だな。

趙雲は奇異の感に打たれた。

劉備の左右にいかつい男が立っていた。あとでそのふたりが関羽《かんう》と張飛《ちょうひ》であるとわかったが、趙雲はかれらの強い眼光にひるまなかった。一礼した趙雲は名告《なの》ったあと、自分が常山国真定《しんてい》県の出身であることを告げた。さらに、率いてきた兵が義勇兵でしかも四百数十人にすぎないことも、あえて述べて、劉備の表情をうかがった。

――侮蔑《ぶべつ》するか嗤笑《ししよう》すれば、常山へ帰るまでだ。

だが劉備は目を輝かせ、喜色をみせた。

「われが幽州の涿《たく》県で起《た》ったときも、義勇兵にすぎなかった。純粋に州の静寧《せいねい》を願って戦った。そなたの意望もそうであろう。正義の上にある勇気こそ、本物の勇気だ。そうではないか」

「仰《おお》せの通りです」

「われの意《おも》いに共感してくれる者がいてくれて、うれしくおもう。たよりにしている」

劉備のまえからしりぞいた趙雲は、多少の感動をおぼえている自分に気づいた。ただしこの感情を胸裡におさめて歩いた。

趙雲のうしろにいて劉備を観察していたにちがいない三人に、

「劉備をどうみたか」

と、問うてみた。

「口先だけの将でしょう」

と、ひとりは速答し、ほかのひとりは口ごもるように、

「人物とみたが……」

と、低い声でいい、残るひとりは判断に迷ったのか、黙ったままでいた。

「口先だけか、偉器《いき》か、青州へゆけばわかる」

田楷と劉備は出発した。趙雲の隊はいかにもみすぼらしいが、それでも劉備の兵と差別されるようなあつかいをうけなかった。

劉備と趙雲は青州の最西端に位置する平原県《へいげん》にはいった。平原県の南に高唐県《こうとう》があり、劉備はその県の令《れい》であったらしいが、賊に敗れて、学友というより兄弟子の公孫瓚のもとに奔《はし》ったようである。

平原にあって、しばらく平穏であった。

趙雲は劉備を観察しつづけた。劉備は兵卒に気軽に声をかけ、ときには兵卒にまじって食事をした。趙雲のもとにもしばしばきた。

――将というより兄だな。

趙雲は劉備の人格にぬくもりを感じて、考え込んだ。

かれは公孫瓚と劉備にしか会っていない。このふたりを通して世の趨勢《すうせい》のなかに真実と正義をみつけるのは、いかにもむずかしい。だいいち青州支配は公孫瓚の欲望の拡大にすぎず、天下の安寧に寄与するものではない。劉備は正義を実現するための軍事をめざしているようであるが、冷静に観《み》ると、公孫瓚の手先にすぎず、かれが勝ったところで、乱世という沸騰《ふっとう》している状態を冷却して、あらたな秩序を立てられる、とはとてもおもわれない。

――平原にとどまっていることには、意義がない。

それは趙雲ひとりの感想ではなく、常山からきた者たちすべての不満といってよい。趙雲の友人のひとりが、

「四、五十人が脱走して帰郷することをたくらんでいる」

と、告げた。こうなるとかれらを平原に留連《りゅうれん》させるのはむりだと意った趙雲は、劉備のもとへゆき、

「兄の喪《も》につき、常山に帰らなければなりません」

と、いった。いきなり劉備は趙雲の手を執《と》った。劉備の手から、この別れを惜しむ強い感情がつたわってきた。そこで、つい、

「けっして徳に背《そむ》くことはありません」

と、趙雲はいった。

劉備が公孫瓚の属将として青州で戦ってゆくかぎり、ゆきづまりそうにおもわれるが、よけいな助言はしなかった。徳というものは、死ととなりあうほどの難局にあっても、それを打破し、超越してゆく力を包含《ほうがん》しているはずである。公孫瓚のように欲望をぎらつかせない劉備は、生きのびてもらいたい。なお、劉備にいった趙雲のことばは、あなたが徳に背かないのであれば、わたしも徳に背かない、といったようにもとれる。

とにかく趙雲は常山兵を率いて平原を去った。常山の若者たちをむだ死にさせたくないというのが、趙雲の本音《ほんね》であったろう。

常山にもどった趙雲は、戦地へゆくには人数をしぼるべきであった、と悔やんだ。かりに独《ひと》りであったら、あのまま劉備に従っていたであろう。

——だが、劉備は死ぬだろうな。

ばくぜんとではあるが、そう想《おも》う。なんといっても劉備の私兵はすくなすぎる。劉備のもとにいる大半の兵は、公孫瓚から貸与《たいよ》された兵である。かれらは劉備への忠誠心をもっていない。

歳月がすぎていく。

冀《き》州の争奪戦は、袁紹《えんしょう》が勝った。敗れた公孫瓚《こうそんさん》は幽《ゆう》州へしりぞいた。常山《じょうざん》は王国であるから、直接に袁紹の支配をうけることはないが、それでも袁紹の盛熾《せいし》が浸透してくる。郷里をでて袁紹軍に加わる者はすくなくない。

趙雲《ちょううん》は憮《ぶ》然《ぜん》としている。

――袁紹は冀州を恫《おど》し取った。

冀州牧《ぼく》であった韓馥《かんふく》は、なかば袁紹に騙《だま》されて冀州を逐《お》われ、他州で亡《な》くなったときく。義気の強い趙雲は、そういう袁紹の威権の伸ばしかたを嫌悪している。乱世は、権謀術数《けんぼうじゅつすう》の世でもある。それを認めながらも、正容《せいよう》をもって戦いをすすめてゆく者の出現を望んでいる。

――劉備《りゅうび》か……。

常山に帰ってから、つねに気にかけている存在である。だが、公孫瓚が幽州へ引き揚げたかぎり、劉備は置き去りにされて、斃死《へいし》したのではないか。常山にいると、青《せい》州の情勢も劉備の消息も知りようがない。

やがて、公孫瓚が幽州牧の劉虞《りゅうぐ》と戦って、かれを殺したことが伝聞となって趙雲の耳にはいった。趙雲は耳を掩《おお》いたくなった。

劉虞は、この混濁《こんだく》した世にあって、まれにみる清らかさを保った名君である。州民をあわれみ、仁政をおこなったことで、

「かれこそ天子にふさわしい」

と、宣揚《せんよう》した袁紹が、使者を遣《や》って践祚《せんそ》を勧《すす》めたことがある。仁聖《じんせい》といってもよい劉虞を殺した公孫瓚は、もはや理性を失っているのではないか。

——早晩、公孫瓚は滅ぶ。

そうなると、まちがいなく幽州は袁紹の支配下にはいる。いや幽州だけではなく、冀州に接する幷《へい》州と青州も、袁紹の勢力圏となろう。

——いやな世になりそうだ。

趙雲は時勢に関心をもつことをやめた。

劉虞を殺した公孫瓚は、六年後に、袁紹に攻められて自殺した。

趙雲の家にくる友人は、

「これで後顧《こうこ》の憂《うれ》いがなくなった袁紹は、天子（献《けん》帝）をかかえている曹操《そうそう》を攻めるだろうな。十中八九、袁紹の勝ちだ」

と、いった。趙雲はややまなざしをさげて、

「なぜ、そんなことを、われにいうのか」

と、わずらわしげにいった。

友人は、もしも趙雲が時と所を得ていたら、天下に知られる人傑《じんけつ》になれていただろう、とくやしくおもっている。いまの世に正道をつらぬいたところで、称《ほ》める者はほとんどいない。けっきょくどんな手をつかっても勝利した者が正義を樹《た》てたことになってしまう。そう割り切れないものか、と趙雲の信念のかたくなさを解《ほど》きにきたのである。

「最初から、袁紹のもとに参ずれば、なんじは将軍になれただろう。公孫瓚を選んだから、こんな辺邑《へんゆう》でくすぶりつづけている」

「われは袁紹が嫌いだ」

「では、曹操のもとへ行ったらどうだ。むこうは兵が足りないから、喜んで迎えてくれるぞ」

趙雲は黙《もく》した。真定《しんてい》県から独《ひと》りでのこのこ行ったところで、使い捨ての兵卒にされるだけである。

目をあげた趙雲は、

「人はおのれの運命を拓《ひら》く好機は、いちどしかない。それが過去にあったのか、なかったのか、いまだにわからない。すでにそれを逸したのであれば、われは真定に骨をうずめるだけだ」

と、あえて強い声でいった。じつはこれは自分の胸裡にひろがる悲痛な声であった。いまの世に正義をつらぬいてゆくのが至難であることは、わかりすぎるほどわかっているが、戦《せん》渦《か》に身を投ずるのであれば、この魂魄をうしろめたさのない道で燃焼させたい。そういう子どもじみた正義感は、嗤笑《ししょう》の種にされかねないので、黙して語らぬという態度をつづけるしかない。

――われに道はないのか。

それをおもうと、ときどき泣きたくなるほどつらくなる。そういうときには、趙雲は丘に登る。

——自分を撼《うご》かす、天の声がききたい。

翠嵐《すいらん》のなかに身を置くと、多少、気がしずまる。しかしあたりは静寂そのもので、鳥の声さえきこえない。これは、みかたによっては、戦いの声がとどかない幸福な静謐《せいひつ》であるといえるが、趙雲にとっては異常であった。いま人は東奔西走するのが正常であるのに、独り動かず無為であるのが異常でなくてなんであろう。

四十歳に近づきつつある趙雲は苛立《いらだ》った。

年が明けて、ひと月が経《た》ち、まだ雪がちらほら残っている丘からもどると、家のまえに知人が立っていた。かれはかつて趙雲とともに出征し、劉備を観察して、人物とみた、といった男である。寒そうに肩をゆすっている。

「おう、めずらしいな」

趙雲が声をかけると、かれはいきなり趙雲の袖《そで》をつかんで家のなかにはいり、

「劉玄徳《りゅうげんとく》が、曹操に攻められて、身ひとつで逃げ、鄴《ぎょう》県にはいったらしい」

と、いった。劉玄徳とは、むろん劉備のことである。鄴県は袁紹の本拠で、魏《ぎ》郡の南部にある。真定からほぼまっすぐに南下する道があり、その道をすすめば鄴県に到る。

趙雲は表情を変えた。

——これこそ、天の声だ。

直感がそう教えている。この声をききながせば、おのれがすすむべき道は閉ざされる。

「よく教えてくれた。われは劉玄徳のもとへ行く」

「わたしも行くさ」

知人は趙雲を誘いにきたといってよい。

趙雲は知人をみつめた。

「よく、きいてくれ。昔、出征した少年が、実家にもどったときには老人になっていたという話がある。こんどは郷里にもどれぬかもしれぬのだぞ。それを承知で、行くか」

知人は目で笑った。

「わたしは実家ではじゃま者だ。あなたとどこまでも行くさ」

子叔《ししゅく》とよばれているこの知人は、そういった時点で、趙雲の友人となった。いや、のちのことを想《おも》えば、死友《しゆう》になったといってよいであろう。

「よし、明日とはいわず、今日、出発だ」

ふたりは真定県を飛びだした。馬をつかっての旅であるが、それでも鄴県に着くまで、十日かかった。充分な食料を携帯していなかったので、ふたりは飢えかかったが、なんとか鄴県にたどり着いた。

劉備は県のなかにいなかった。県外に駐屯地があり、そこにいるという。

馬は痩《や》せ、ふたりも痩せたが、駐屯地の門前で下馬した趙雲はあえて胸を張った。衛兵がいる。かれはいきなり趙雲と子叔に戟《げき》の刃をむけて、

「待て。どこの者だ」

と、問うた。

「常山の子龍《しりょう》と子叔といいます。劉玄徳さまの兵です。ご不審があれば、玄徳さまにご照会ください」

衛兵は戟の刃を引いた。

「照会にはおよばぬ。そのほうらも小沛《しょうはい》からここまできたか。称めてやろう」

じつは徐《じょ》州で独立した劉備はその統治を配下の関羽《かんう》にまかせ、自身は徐州からわずかにはずれた沛県すなわち小沛にいたところ、曹操に攻められてあっけなく敗走した。劉備の配下の兵は、四散したが、劉備を慕《した》って鄴県までくる者がいた。衛兵はこのふたりもそういう兵であるとみたのである。

駐屯地は広大である。

またふたりはそれぞれ痩馬に乗り、教えられた劉備の兵舎のほうにむかった。

――いた、いた。

劉備は兵舎の外で、二、三の兵と立ち話をしていた。耳の大きさで、劉備であるとすぐにわかった。馬からおりたふたりは、劉備にむかって歩いた。劉備もすぐに気づき、ふたりをまっすぐに看《み》た。それから眉宇《びう》を明るくして急速に歩をすすめ、

「やあ、きてくれたのか。愉《うれ》しいぞ」

と、大きな声でいい、まず趙雲の手を執《と》り、ついで子叔の手をにぎった。劉備のぬくもりと喜びがつたわってきたふたりは感動した。ほっとしたせいであろう、そのままふたりはく

ずれるように膝《ひざ》を地につけた。

「やっ、いかがした」

「おはずかしいことです。五日も食べずに駆けてまいりましたので――」

と、趙雲がいうと、すぐに劉備は近くの兵を呼び、

「このふたりに、粥《かゆ》と肉を与えよ」

と、いいつけた。

充分に飲食をとった趙雲は、休息するうちに観察力を復活させた。

――関羽と張飛《ちょうひ》がいない。

かつて平原県《へいげん》に駐留していたころ、劉備の左右にはかならず関羽と張飛がいた。その手足にひとしい勇者は、劉備を警護するために通夜《つうや》宿舎のまえに立ち、ついにふたりはその舎内で臥《ね》るようになった。趙雲はそれをなかば羨望《せんぼう》しつつながめていた。

夕方になっても、そのふたりが劉備の近くにあらわれないということは、ほんとうに劉備は身ひとつで逃走したのだ、と確信した。

その劉備の行為は、配下を非情に棄《す》てて、おのれ独りが助かろうとする卑劣そのものである、と非難することができる。が、趙雲は、むしろ劉備の性質にあるおもしろさを感じた。劉備はたれに救いを求めることなく、生死の境をきわどく独走したのであり、関羽と張飛が死ぬはずがないと心の奥底《おくそこ》で信じていたふしがある。

「ほんとうに信ずることは、手をさしのべることではなく、手を放すことなのだ」

趙雲は子叔という友人を得て、急にそれがわかるようになった。ふたりとも、もはや故郷をふりかえらず、前途にある利害を考えず、いつどこで死ぬのかわからなくても、劉備に属《つ》いてゆきたい。自己の信念を表現するには、それしかない。そういう捨《す》て身《み》のおもいを共有するかぎり、たがいをおもいやる必要はない。

日没後、趙雲と子叔だけが劉備に呼ばれた。あたりをうかがった劉備は、子叔を宿舎のまえに立たせ、

「けっして人を近づけてはならぬ」

と、命じておいて、趙雲だけをなかにいれた。劉備は牀下《しょうか》に坐り、趙雲を近寄らせた。

「さて、雲よ。われが袁紹に頼ったことをさげすむか」

趙雲は黙った。すぐに返答できることではない。

「なんじが袁紹を嫌っていることは、わかっている」

「それがしは好悪《こうお》で人を評しません」

「それも、わかっている。が、突然の驟雨《しゅうう》に遭《あ》えば、仇《かたき》の家の軒下《のきした》を借りることもある。やがてわれは袁紹に誅《ころ》されよう」

「なぜでございますか」

「関羽の消息がわかった。かれは曹操に捕らえられた。が、斬られなかった。曹操がまっすぐな気性をもった勇者を好む性癖《せいへき》をもっていることをみこして、あっさり降伏したのだろう。その後、どうやら厚遇されている。そうなると、おそらく呂布《りょふ》の属将であった張遼《ちょうりょう》とともに

先陣の将に抜擢されて、袁紹軍を苦しめるであろう。そこで、関羽の旧主であるわれは、袁紹に憎まれることになる」

趙雲は首をひねった。

「関羽どのが、曹操のために働くとはおもわれませんが……」

「ああみえても、関羽は義理がたい男だ。ひと働きせねば、曹操の恩にむくいたことにはならぬ。われもおなじで、袁紹のために働いてから、去りたい。だが、袁紹から離れ、曹操からも追われるとなれば、いまの私兵の数ではこころもとない」

「そういうことですか」

趙雲は納得《なっとく》した。劉備が袁紹や曹操とはちがう道を歩きたがっていると知って、安心した。

「いまだにわれを捜している者たちが小沛のあたりにいる。また、公孫瓚の下にいた者も、行き場を失っている。そのあたりの事情にくわしい者を、そなたと子叔に付けるので、手分けしてひそかに兵を集めよ」

こういう密命をさずけられるということは、劉備に絶大に信用されたということであり、趙雲はおのれの未来がずいぶんはっきりとみえるようになった。

この夜、劉備とおなじ牀に臥た趙雲は、夜明けまえに起きて、舎外の子叔をなかにいれてしばらく語り、それから独り外に立って警備をおこなった。

小沛《しょうはい》にいたころの劉備《りゅうび》は数千の兵を従えていたはずである。そうみなされているので、劉備直属の兵の数が、二、三百から二千に増えても、たれからも怪しまれなかった。

密命をはたして帰還した趙雲《ちょううん》と子叔《ししゅく》を、劉備はめだたぬようにねぎらった。

袁紹《えんしょう》と曹操《そうそう》の決戦が近づいている。

袁紹の魏《ぎ》郡と曹操の東《とう》郡が接するあたりに黎陽《れいよう》があり、仲春、袁紹はそこに軍をすすめた。さらに初夏になると、東郡の西南部に位置する白馬《はくば》を攻略すべく、大将の顔良《がんりょう》をつかわし、袁紹自身は黎陽におもむいて河水《かすい》を渡ろうとした。

劉備は袁紹軍を翼《たす》けるかたちで西南にむかった。

兵略に関しては、袁紹より曹操がまさっている。袁紹軍は大軍なので、まともに戦っては勝てないと予断した曹操は、いちど渡河して袁紹軍のうしろにまわるようにみせた。当然、袁紹は用心して軍を分け、奇襲にそなえた。すると曹操はすばやく白馬のほうにむかい、張遼《ちょうりょう》と関羽《かんう》に先陣をまかせて顔良を攻撃させた。この白馬の戦いでは、関羽が単騎で敵陣にはいり、顔良の首を刎《は》ねて還ってきた。驚天動地《きょうてんどうち》の大殊勲とはこれであろう。

すでに渡河して延津《えんしん》の南まで進出していた袁紹は、おもいがけない敗報に接して嚇怒《かくど》し、文醜《ぶんしゅう》に劉備を付けて、曹操の本陣を攻撃させた。

ところが文醜も曹操の奇策に翻弄《ほんろう》されて敗死した。その敗軍のあおりをうけて劉備軍も敗走した。

——逃げるのが早すぎないか。

趙雲は多少あきれて劉備を観《み》たが、あとで劉備から、

「負けとわかれば、さっさと退くことだ。最後に退却したからといって、称《ほ》められることはない」

と、いわれた。この人は、この逃げ足の早さがあったがゆえに、ここまで生きのびたのか、とおもわぬでもなかったが、趙雲としては釈然《しゃくぜん》としなかった。

劉備のなさけない敗退ぶりを知った袁紹は、

「役に立たぬ男よ」

と、立腹した。いや、役に立たないどころか信用できない、とおもった。顔良を討った関羽は劉備の旧《もと》の臣下であり、劉備が文醜と勠力《りくりょく》すれば文醜の戦死をふせげたのにそれをしなかった。まさか劉備が曹操と通謀《つうぼう》しているはずはないが、その進退にうすきみわるさを感じ、

——疫病神《やくびょうがみ》かもしれぬ。

と、おもい、主力軍から遠ざけることにした。

袁紹は軍を河南尹《かなんいん》の陽武《ようぶ》まですすめたあと、曹操が首都と定めた許《きょ》県を攻めるべく、兵を南下させた。官渡《かんと》が主戦場となった。

が、劉備はそこにはいなかった。

汝南《じょなん》郡の賊である劉辟《りゅうへき》らが袁紹に呼応して、許県の近郊を荒らしはじめた。劉備は袁紹に命じられて、劉辟らとともに曹操の背後をおびやかした。ただし賊とともに暴れまわってい

るだけで、許県を攻めなかった。

――盗賊になりさがったようなものだ。

と、趙雲は気落ちしたが、当の劉備の表情には曇りはなかった。むしろ楽しげであった。それを視《み》た趙雲は、ふしぎな人だ、とおもった。気づいてみれば、劉備は害がおよばないように袁紹から遠ざかっている。諸般《しょはん》の事情がおのずとそうさせたのか、それとも劉備に衆目《しゅうもく》をあざむく玄謀《げんぼう》があったのか。

二百の騎兵をあずけられた趙雲は、野辺を走り、

「ときどき林野に火をかけておけ」

と、劉備にいわれた通りにした。仲秋の風が吹いている。ある日、田圃《でんぽ》にでた。禾《か》（稲《いね》）のとりいれが終わっている田のあぜ道に、人馬がみえた。葛衣《かつい》を着て笠をかぶった男が、馬上で手招きをしている。趙雲がいぶかりつつもそちらに馬をすすめようとすると、左右の騎兵が、

「怪しげな者です。背に負っているのは、武器かもしれません」

と、諫止《かんし》した。たしかにその男の背には布《ぬの》で巻かれた長い棒状の物がある。

「ここで待っておれ」

趙雲は敢然《かんぜん》と馬をすすめた。男はすこし笑ったようである。

「子龍《しりょう》、主《しゅ》をたのんだぞ」

男は笠をあげた。趙雲は瞠目《どうもく》した。

「雲長《うんちょう》どの――」

関羽であった。

「しばらく隠れている、と主に伝えてくれ」

「わかりました」

いそがしく馬首をめぐらせた趙雲は、劉備のもとに急行し、関羽に遇《あ》ったこととそのことばを伝えた。が、劉備は喜色をまったくみせず、そうか、というように小さくうなずいただけであった。意外であった。劉備はすでに関羽が曹操のもとから去ったことを知っていたのか。いや、そうではあるまい。関羽がかならず自分のもとに帰ってくると信じているがゆえに、あたりまえのこととして、おどろきもせず、喜びもしなかったのだ。その深旨《しんし》は尋常ではなく、

――うらやましい。

と、趙雲は感じた。自分と実兄の関係においてそれほど深い信頼はなかった。たまたま近くに憲和《けんわ》というあざなをもつ簡雍《かんよう》がいた。かれは劉備のもっとも古い友人といってよく、きさくな相談相手になってきた男である。が、人の心事を読む達人といってよく、
趙雲に近づくと、

「子龍さんよ、主とおなじ牀で臥《ね》たのは、あなたが三人目だ。わたしは警護の役がつとまらないらしく、宿舎に呼ばれてもおなじ牀《しょう》を与えられたことがない」

と、笑いながらいった。

「それほどあなたは劉備に信用されている」

と、簡雍は暗にいって、趙雲をなぐさめてくれたのだろう。

――おもいやりのある人だ。

劉備の周辺には情の衍《ゆた》かな人が多い。つまりそれが口数の多くない劉備の胸中にある情誼《じょうぎ》の反映であろう。劉備は苦境に立つたびに妻子を棄《す》ててきた。あえていえば、仁《じん》の人ではない。仁は肉親や近親を大切にすることで、儒教《じゅきょう》の根本思想である。が、劉備はそれよりも、他人との関係とくに友情を重んじている。それを義《ぎ》といい、孔子《こうし》よりひと時代あとの儒教で重視された思想である。だが、劉備はそういう思想にかぶれているわけではない。

ほどなく劉辟と劉備の兵は、許県から出撃した曹仁《そうじん》の兵に急襲された。

許県のうしろを往来する兵をうるさく感じた曹操の手配である。賊兵は四散し、劉備は逃げた。とにかく劉備の逃げ足は速い。趙雲は、命じられなくても、追撃にそなえて後拒《こうきょ》をおこなった。

官渡の戦いは長引いている。

兵力の点では圧倒的多数をほこる袁紹軍だが、優位さを保ちながらも決定的な勝利を得られない。その現状を視た劉備は、

「荊州《けいしゅう》の劉表《りゅうひょう》と連合すべきです」

と、袁紹に進言した。が、袁紹は気乗りうすであった。すでに劉表とは誼《よしみ》を通じている。しかしながら劉表は袁紹軍を支援するために出撃するけはいをみせない。それゆえ、

――劉表との連合はむだだ。

と、おもっている袁紹は、

「あなたは許県をおびやかしてくれればよい」

と、冷ややかにいった。どれほど待ってもくるはずのない劉表軍をあてにするよりも、まだ劉備が許県にわずかでも脅威を与えてくれたほうがよい。

「それでは――」

ふたたび劉備は許県の後方攪乱《かくらん》に努めることになった。こんどは龔都《きょうと》という賊魁《ぞくかい》とともに汝南郡を荒らした。

――うるさい男だ。

曹操はまたしても兵をだした。蔡陽《さいよう》が将であった。かれは曹仁にくらべると将としての力量はだいぶ落ちる。

「嘗《な》められたものだ」

と、いった劉備は、こんどは逃げず、果《か》敢《かん》に邀撃《ようげき》した。趙雲は劉備の腰をすえた用兵をはじめてみた。先鋒をまかされた趙雲は、正攻法で戦い、敵兵を圧倒した。つねに劉備の左右にいる者も、趙雲の武勇のすさまじさにおどろいた。劉備の兵は大勝して、蔡陽を斬った。

初冬、劣勢をつづけていた曹操は、奇襲を敢行して、袁紹軍の大量の輜重《しちょう》を焼いた。それによって袁紹軍は潰滅《かいめつ》した。

――やがて袁紹も滅ぶだろう。

趙雲は自分の予想と信念の正しさに多少は満足した。しかし劉備という正義の灯のなんと小さいことか。

ほどなく曹操がみずから劉備を討伐するために軍をむけてきた。

——さっさと逃げる。

劉備の性向がわかってきた趙雲は急速に逃走した。それよりも早く劉備は南下していた。すでに劉備は、外交の達者である麋竺《びじく》と孫乾《そんけん》を劉表のもとに派遣して、荊州にやすやすとはいった。

——これは奇術か。

と、趙雲がおどろいたのは、いつのまにか関羽と張飛《ちょうひ》がそろって劉備に随従《ずいじゅう》するようになったことである。関羽は趙雲に近づいて目笑《もくしょう》しただけであった。

劉備《りゅうび》は、おなじ劉氏であることもさいわいして、劉表《りゅうひょう》に優遇された。といっても、与えられた駐屯地は、新野《しんや》県の近くであり、そこは劉表が本拠とする襄陽《じょうよう》の北にあたり、曹操《そうそう》軍が北からくることを想定して、劉備がその防ぎにあてられたことは明白である。

——劉備の将としての力量はどれほどか。

劉表はためしたくなった。なにしろ劉備はめざましい践歴《せんれき》はなく、逃げてばかりいたとい

う悪評が劉表の耳にはいったからである。それゆえ、

「北伐してみよ」

と、劉表は劉備を北上させた。潁川《えいせん》郡に接するあたりで曹操側へ趨《はし》った豪族を討伐させることにした。

劉備は手勢を率いて荊《けい》州のはずれに近い博望《はくぼう》県まですすんだ。

「また劉備か」

いやな顔をした曹操は、すみやかにたたきつぶせ、といわんばかりの表情で、重臣の夏侯《かこう》惇《とん》に戦い巧者の李典《りてん》を付けて出撃させた。

「ほう、夏侯惇がきたのか」

夏侯惇の勇猛さを知っている劉備はすばやく属将を集めて計策を定めた。

「えっ、主が囮《おとり》になるのですか」

めずらしい劉備の大胆さに、趙雲《ちょううん》はおどろきをみせた。

「夏侯惇はわれをみくびっているので、われが逃げても、疑うことなく追ってくるであろう」

劉備だけが前進し、関羽《かんう》、張飛《ちょうひ》、趙雲らはとどまって伏せた。劉備は葉《しょう》県に近づいたところで屯営し、夏侯惇を待った。

その位置を知った夏侯惇は州境を越えて猛進した。

「きたか――」

劉備はほくそえみ、屯営に火を放ち、一戦もせずに退却した。

「おのれ、逃がしてたまるか」

目を瞋《いか》らせて追撃にかかろうとした夏侯惇とはちがい、李典は怪しんだ。

「逃げたわけが不明です。南へむかう道は、狭いうえに草木が深い。追ってはなりません」

「なにをいうか。劉備の逃げ足の早さは、いまにはじまったことではない。あやつに策などあろうか」

夏侯惇は李典を置き去りにするかたちで急追した。

劉備は博望の近くで夏侯惇に追いつかれそうになった。が、伏兵が起《た》った。それと同時に劉備はむきなおった。関羽と張飛、それに趙雲が左右から夏侯惇の軍に襲いかかった。夏侯惇は慎重さを欠く将ではないが、このときばかりは劉備をあまく観《み》て、苦戦におちいった。夏侯惇が、兵力の大きさでしのぎにしのいだ。惨敗寸前に、李典が救援にきた。

「退くぞ」

劉備は敵の救援軍を遠望すると、颯《さつ》と引き揚げた。趙雲とともにぞんぶんに戦った子叔《ししゆく》は、

「くやしいな。敵の半分の兵力があれば、夏侯惇の首を獲《と》れたのに」

と、いった。たしかにそうにちがいない。劉備の兵は夏侯惇のそれの五分の一にすぎなかった。それでも勝った。この勝ちが、荊州における劉備の勇名を高めた。なにはともあれ、

「劉備の寡兵《かへい》が曹操軍に勝った」

という事実は動かしがたく、文人にくらべて武人が低《ひく》くみられるこの州では、それがかな

りの痛快事であり、武を好む者は劉備の実力を喜んで認め、憧憬《しょうけい》をむけた。

荊州はほかの州にくらべてはるかに平穏である。

この落ち着きのなかで、劉備の周辺にいる者は、他州に残してきた妻子を呼び寄せ、独身者はここで妻帯《さいたい》した。趙雲がいつ結婚したのかは不明であるが、おそらくふたりの男子すなわち趙統《ちょうとう》と趙広《ちょうこう》は常山《じょうざん》にいて、父の使いに迎えられて荊州にきたであろう。

たしかに荊州は平穏ではあるが、両雄から狙われていることもたしかなのである。いつの日か、北から曹操が、東から孫権《そんけん》がくる。この緊張感が州全体をおおっている。

博望での戦いがあった年からかぞえて五年後に、劉備の媵妾《ようしょう》であった甘《かん》夫人が男子（幼名は阿斗《あと》）を産んだ。劉備が四十七歳で嗣子《しし》をもうけた裏には、どれほど多くの子と妻を棄《す》てきたか、といういたましい事実がある。

甘夫人は沛《はい》県の人で、つねに劉備の近くにいた。正夫人でなかったことがむしろさいわいして、生きのびて、荊州まできた。これはよけいな想像であるが、甘夫人はひかえめで婉淑《えんしゅく》な女《ひと》というより、馬にも乗れるようなはつらつとした女傑ではなかったか。

おなじ年に、劉備は大きな頭脳を得た。襄陽の西の隆中《りゅうちゅう》に隠棲していた諸葛亮《しょかつりょう》（あざなは孔明《こうめい》）を迎えて、従者に加えた。

それ以来、連日、劉備は諸葛亮と語りあってばかりいるので、関羽と張飛などは露骨におもしろくないという顔をした。

諸葛亮の学友で、かれよりもさきに劉備に仕えた徐庶《じょしょ》という俊英は、感情の起伏をみせな

い趙雲に、

「『荘子《そうじ》』という書物に、鶉居《じゅんきょ》と鳥行《ちょうこう》という語があります。鶉《うずら》は居を定めず、鳥は自由に行動します。それをたたえる文があるので、主はまさにそのように生きてきました。しかし孔明は鶉居と鳥行を否定するでしょう。主の生涯を数巻の書物にたとえれば、いままでが長い序文で、これからが本文となるでしょう」

と、いった。

徐庶のすぐれた見識は劉備に尊重されたが、諸葛亮がきてからは、めっきり諮問《しもん》されなくなった。おそらく徐庶には諸葛亮とはちがう思想があるにちがいないが、諸葛亮をおしのけてまで主張するあくの強い意思をもっておらず、一歩退いたかたちでたたずんでいる。そういう徐庶のさびしさが、趙雲にかよってきた。

——この人は、さりげなく主のもとから去るのではないか。

という予感を趙雲はおぼえた。たしかに、ここまで劉備は土地も富源《ふげん》も得ずにきた。それによって、かえって人の心を得ることができた。しかしつかむ手とつかむ物を変えれば、かつて得たものを失う、と徐庶はいいたいのではないか。

「あなたのいいたいことは、わかる」

と、趙雲はいいたかったが、これからもおなじ劉備でよい、といってのけるほどの信念はない。過剰に飛びつづけた鳥は、幹支《かんし》に止まり、巣づくりをして、つぎの大きな飛翔にそなえてもよいのではないか。

やがて荊州の平穏がゆらいだ。

劉表が病牀に臥《ふ》した。直後に、劉備は新野から樊《はん》城へ移された。首都というべき襄陽の北に漢水《かんすい》がながれており、対岸にあるのが樊城である。つまり劉備は襄陽を防衛する最後の拠点をまかされた。

劉表が亡《な》くなると曹操が動き、荊州を攻めるにちがいない。荊州の郡県をあずかる者はひとしくそう予想したが、事実はちがった。劉表が亡くなるひと月まえに、曹操は征討軍を発した。

劉表が病死し、荊州の宗主《そうしゅ》となった次男の劉琮《りゅうそう》が降伏の使者を曹操のもとへ送ったのであるが、その事実を報《しら》されなかっただけではなく、すでに曹操が南陽《なんよう》郡の中心というべき宛《えん》県に達していることをはじめて知った劉備は、めずらしく怒った。怒っただけ、逃げ足がにぶったといえる。

忿然《ふんぜん》と劉備が樊城をでて南下しはじめたと知った官民があとを追った。その数は増えに増えて、当陽《とうよう》県に到ったところで、十万余を算《かぞ》えた。荊州における劉備の人気《にんき》のほどが、それだけでもわかる。すべての大本《おおもと》は人であり、その人を棄ててはゆけぬ、と高ぶったことをいった劉備は、ほどなく曹操軍の騎兵に追いつかれそうになった。

大衆は逃げまどい、大混乱となった。ついに劉備は遁走《とんそう》した。そのとき趙雲だけが馬首を北へむけて走りはじめたので、

「子龍《しりょう》が裏切ったぞ」

と、劉備の左右は叫んだが、劉備は意にもとめなかった。

むろん趙雲は曹操に降伏するために敵軍に身を投じようとしたわけではない。

劉備の妻子がみあたらないことに気づいたのである。

劉備という人は危難に遭《あ》えば、妻子を棄てて自身のいのちを拾ってきたが、ここで甘夫人と阿斗を棄てることは、未来の大きな光を失うことにならないか。とっさにそう想《おも》った趙雲は、ふたりを捜すことにした。

阿斗が甘夫人ではなく侍女に抱かれていたとすれば、母子がはなればなれになっているかもしれない。

趙雲は右往左往する群衆のなかに馬を乗りいれた。視界の隅には曹操軍の騎兵の旗がある。やがて嬰児《えいじ》の泣き声をきいた。老いた松の根もとで馬をおりた趙雲は、あたりの草をさぐった。

「いた――」

まぎれもなく阿斗が草中にいた。が、泣いてはいない。この児は、われを呼んだのだ。趙雲はそう感じた。

――草に支えられていたとは、嘉祥《かしよう》である。

人民は草にたとえられる。二歳の嬰児を抱いて馬上にもどった趙雲は背後に殺気をおぼえた。敵の二騎が迫ってきた。馬首をわずかに動かした趙雲は、左手に阿斗をかかえ、右手で戟《げき》を一閃させて、やすやすと二騎を斃《たお》した。

――つぎは夫人だ。

この混乱のなかでも、母は自分の子からさほど離れることはあるまい。かならず近くにいる、とおもいつつ、馬をゆっくりと歩かせてゆくと、はたして甘夫人をみつけた。

「夫人、さあ、お乗りください」

この趙雲の声に、目をあげた甘夫人は馬上に阿斗をみて、うれし涙があふれ、両手で顔を掩《おお》った。

「さ、早く――」

さしだされた趙雲の手を執《と》った甘夫人は、またたくまに馬上の人となり、鞍《くら》につかまった。

前方に敵の数騎がいたが、趙雲は戟を投げつけたあと、馬をたくみにあやつって人のながれに乗り、追撃をふりきった。

趙雲の目に、後拒《こうきょ》をおこなっている張飛の威容が映った。喜悦した趙雲は、すこし馬の速度をゆるめた。

「主は、いずこか」

「おう、子龍、主は橋のむこうよ」

張飛は趙雲の馬に乗っている甘夫人と阿斗をみつけて一笑した。

劉備はまっすぐに南下して江陵《こうりょう》へゆくことをあきらめ、道を東にとって漢津《かんしん》へゆくことにした。この急な変更に私兵がとまどい、随従《ずいじゅう》が遅れたため、劉備はすこし休んで兵の到着を待った。そこに趙雲の馬が着いた。

甘夫人をおろした趙雲は、阿斗をかかえて下馬した。それからおもむろに劉備のまえにすすみ、嬰児をさしだした。が、劉備は無言で、わずかなうなずきもみせず、うけとったわが子を、ぽんと地へ投げた。近くにいた簡雍《かんよう》があわてて阿斗をひろいあげた。それをみた趙雲はしずかにしりぞいた。

子叔が趙雲の腕をつかみ、かみつくように、

「主はなんじになんの褒詞《ほうし》もさずけなかった。劉備という主には、わからぬところがある」

と、いった。趙雲は首をふった。

「いや、褒詞はいただいたよ」

「いつ――」

「さっき」

「主は黙っていただけではないか」

「それが褒詞よ」

趙雲はこのとき、関羽とならぶほどの信用を劉備から得たと実感していた。

――おや……。

劉備の近くに徐庶がいないことに、趙雲は気づいた。途中まで、徐庶は諸葛亮とともにいたではないか。腰をあげた劉備がふたたび走って漢津に着き、関羽がさしまわした船に趙雲も乗ってから、徐庶の消息を知った。徐庶は、母が曹操軍に捕らえられたという理由で、北へ去ったとのことであった。

——徐庶の思想とは、どういうものであったのか。

それが諸葛亮とは別の壮図《そうと》であったとしても、戦塵《せんじん》のかなたに消えてしまった。


人の縁とはふしぎなものである。

劉備《りゅうび》の子の阿斗《あと》と趙雲《ちょううん》のつながりもふしぎな勁《つよ》さがある。

曹操《そうそう》軍に追われた劉備は、その後、強運を発揮して、その年の末には荊《けい》州南部の四郡を取り、さらに三年後には、最北の南陽《なんよう》郡を残して荊州の大半を支配するまでになった。

この威勢を遠望した益《えき》州の劉璋《りゅうしょう》に招かれた劉備は、劉璋にかわって漢中《かんちゅう》郡の張魯《ちょうろ》を討つべく、西進して益州にはいった。

趙雲はその遠征軍には加わらず、荊州に残った。本拠である公安《こうあん》の監督《かんとく》をまかされた。

ここにはむずかしい人がひとりいる。

孫《そん》夫人である。

孫という氏でわかるように、この人は孫権《そんけん》の妹である。

孫権からおしつけられた女《ひと》ではあるが、拒絶するわけにはいかなかった。荊州取りをもくろんでいた孫権の心をなだめるために、劉備は孫夫人を正夫人とし、甘《かん》夫人を次位にさげた。

それにともない、正嫡《せいちゃく》の阿斗の養育が孫夫人の手にゆだねられたと想《おも》うべきである。

だが、孫夫人は兄の威光を鼻にかけ、従順になるどころか、夫になじみもしなかった。なにしろ孫夫人に随侍《すいじ》してきた侍婢《じひ》の百余人は、命じられなくても刀をもって室外に立ち、劉備がその室をおとずれてもそのまま侍立《じりつ》しているというありさまであった。

それはそれとして、益州入りした劉備は、翌年、劉璋から、

「われを騙《だま》して益州を取りにきた」

と、疑われ、結果として、劉璋と戦って益州を攻略することになった。その風聞を耳にした孫権は、

「あやつめ、荊州ばかりか益州をも盗むつもりか」

と、劉備をののしり、劉備とは絶縁するつもりで、妹をひきとることにした。その件に関して正式に劉備に知らせればよいのに、孫権が妹に密使を送ったところに、孫権の小ずるさがある。もっとも孫夫人のほうから、実家へ帰りたいという願望がしばしば孫権のもとにとどけられていたということがあったのかもしれない。

とにかく、孫権の兵が軍船に乗って途中まで出迎えにくると知った孫夫人は喜び、

――それなら……。

と、悪智慧《わるぢえ》をめぐらせた。劉備への愛情がひとかけらもない孫夫人は、実家へ帰る際の手土産《てみやげ》として、阿斗を攫《さら》ってやろうとたくらみ、実行した。孫権は奸智《かんち》にたけた人であるが、この妹の質《たち》の悪さは兄をうわまわっている。

孫夫人は従者に命じて財貨を船に積み込み、膝《ひざ》もとにいる阿斗をその船に投げ入れて、公安から去った。当然、夜中のことである。

夜が明けて、後宮の女官たちの噪《さわ》ぎを知った趙雲が、正夫人の宮室に踏み込んで愕然《がくぜん》とした。空虚であった。しかも阿斗の姿さえ消えていた。

――なんという人か。

孫夫人の悪辣《あくらつ》ぶりに嚇《かっ》とした趙雲は、すぐさま快速船を用意させ、寡兵《かへい》を率いて追跡しようとした。が、纜《ともづな》を解こうとした手をとめた。

こういう造次顚沛《ぞうじてんぱい》の際に、一瞬、冷静になるのが、趙雲の美質であった。

孫夫人は衝動的に逃げたのではなく、兄の孫権としめしあわせて行動したにちがいない。するとすでに孫権の軍船が、多数江水《こうすい》をさかのぼってきており、阿斗をとりもどすために、水戦《すいせん》になるかもしれない。それを想定すれば、趙雲が率いる兵の数ではとても足りない。

「江陵《こうりょう》へ急行して、張飛《ちょうひ》どのに出動してもらおう」

と、趙雲は急使を立てた。江陵は公安の北に位置し、南郡《なん》の要《かなめ》の県である。南郡の北隣には曹操の支配郡である南陽《なんよう》郡があるところから、劉備は特に気をつかって、北に関羽《かんう》を、南に張飛を配していた。

急報をうけた張飛は、目を瞋《いか》らせ、

「幼児を盗むとは、卑陋《ひろう》のきわみ」

と、叫び、急遽《きゅうきょ》、軍船をそろえて江水を急速に南下した。それよりもはるかに早く、趙雲の快速船は逃げる孫夫人の船団を猛追した。

「いた――」

発見したその船団のかなたに、出迎えの軍船はみあたらない。趙雲は胸をなでおろした。

孫夫人の船に追いついた趙雲は、その船だけではなく、附随の船をくまなくさがして、ついに阿斗をみつけた。そしらぬ顔をしていた孫夫人は、趙雲の腕のなかにおさまった阿斗を一瞥《いちべつ》して、

「そんな孺子《じゅし》は、江水に投げ込んでおけばよかった」

と、悪態をついた。

そのとき趙雲は胸裡にたまっていた怒気を、孫夫人にむかって吐きそうになったが、かろうじてこらえた。表むきには、劉備と孫権の関係はこわれていない。ここでのよけいな一言が、孫権を刺戟してはつまらない。それゆえ、孫夫人の悪声をききながし、ふりかえりもせず、自分の船にもどった趙雲の目に、遠い張飛の船団が映った。

翠《みどり》の空と水がとけあうところに、赤い旗がならんで一線を引いている。風がさわやかになった。

やがて近づいてきた張飛は、趙雲の船に移り、すぐに事態をのみこんで笑貌をみせてから、船団の影が消えた南を睨《にら》み、

「ありゃ、女のかたちをした悪鬼よ」

と、いった。これからの劉備にとって、害しかもたらさない孫夫人が去ってくれたことは吉である。張飛はそれをひそかに悦《よろこ》んだ。

「それにしても、よくみつけたな」

「わたしには、阿斗さまがどこにいるのか、わかるのです」

と、趙雲は微笑してみせた。

ちなみに甘夫人は、孫夫人がみずから離縁したことによって、正夫人に復位したが、蜀《しょく》にいる劉備のもとへ往くまえに病歿した。


さて、勇躍のときである。

劉備《りゅうび》の益《えき》州攻略が完成に近づきつつあり、趙雲《ちょううん》は諸葛亮《しょかつりょう》の指図を承《う》けて、張飛《ちょうひ》などと江水《こうすい》をさかのぼった。

益州にはいったこの水軍は、巴《は》郡の中心である江州《こうしゅう》県を落とした。ここで諸葛亮は、

「二手《ふたて》に分かれて、蜀《しょく》郡の成都《せいと》をめざしましょう」

と、いい、趙雲に南路を指示した。南路とは江陽《こうよう》県を経て北上する水路である。

一軍の将となり、船の舳先《へさき》に立った趙雲をみた子叔《ししゅく》は、

「たがいに髪に白いものがまじるようになったな」

と、わずかに感慨《かんがい》をこめていった。子叔はつねに趙雲の左右にいて、いまは参謀のひとりであり、ともに五十歳をすぎている。

「なんじが誘ってくれなければ、われはここにはいない」

趙雲は常山《じょうざん》国の真定《しんてい》県を飛びだしたころを憶《おも》いだした。劉備という名にだけ、正義がある

と信じ、その信念がいまだにこわれていないのが愉《うれ》しい。

「主の事業はまだなかばにも達していまい。われらは老人になっても故郷へは帰れない」

「いまや常山は曹操《そうそう》の支配圏にあるので、帰りたくもない。しかし常山の国民であったからこそ、ここまでまっすぐに生きてこれた」

丘にのぼって懊悩《おうのう》していた自分が、趙雲の記憶の底にある。そのときに感じた風といまこの船上で感じる風とは、まったく質がちがう。

「さあ、征《ゆ》くぞ」

この趙雲の声に、子叔はめずらしく吼《ほ》えるように応えた。この咆哮《ほうこう》とともに、かれの故郷の景観も風にさらわれて翠波《すいは》のあいだに消えたであろう。

趙雲が率いた船団は、前途の敵をつぎつぎに撃破した。この猛進ぶりを体感した子叔は、

「もはや策など要《い》らぬ」

と、いい放った。はっきりいえば、劉璋《りゅうしょう》支配による益州の凋落《ちょうらく》を予感した郡県の兵は、戦意を喪失していた。

「勢《せい》の有無《うむ》とは、こういうことだ」

と、子叔は豪語した。その勢とは、孫子《そんし》の兵法書にある用語で、勢い、と訓《よ》んでもかまわないが、もっといえば、作られた勢いが自然のながれになることである。

進撃をつづけた趙雲の軍が、成都の城外に到着したとき、まだこの首都は陥落していなかった。包囲陣のなかに張飛と諸葛亮をみつけた趙雲は、われのほうが遅かったとは、とおど

ろき、そのあと劉備のもとへ行った。

やがて、曹操をおびやかすほどの驍名《ぎょうめい》をもっている馬超《ばちょう》が、劉備に帰順するために城下に到ると、城中はその名をきいただけで震恐《しんきょう》し、劉璋は開城して降伏した。ただし劉璋だけは馬超の名におびえたわけではなく、これまで多くの兵を戦死させ、この抗戦が戦死者を増やすだけであるのは忍びないという仁心《じんしん》をあらわして、益州を劉備にゆずったといってよい。

城内にはいった劉備は、長く戦陣にいた諸将をねぎらうために、城内の建物および城外の園囿《えんゆう》と桑田《そうでん》を分与しようとした。それについての議論がおこなわれた会合で、趙雲は敢然《かんぜん》と反駁《はんばく》した。

「敵対した兵を郷里にもどさせ、田宅《でんたく》はもとの持ち主すなわち益州の民に返して、かれらを安心させせることが先決です」

趙雲は、たとえ勝者であっても、むさぼるという光景が嫌いである。勝利を美しくみせるために清廉《せいれん》を強調すれば、それはもはや政治的手段というべきであろうが、趙雲にはそういうかくれた熟図《じゅくと》はなく、ただ性癖がそういわせたのであろう。

「昌言《しょうげん》なり」

劉備はすぐにその意見に従った。

劉璋にかわって益州の宗主となった劉備ではあるが、実際のところ、益州の三分の一を得たにすぎない。とくに重要である北部の漢中《かんちゅう》郡には張魯《ちょうろ》という五斗米道《ごとべいどう》の教主《きょうしゅ》がいて、劉備には屈しない。

この漢中郡を取るために、曹操が軍を動かした。機先《きせん》を制《せい》された劉備は、張魯が曹操に降《くだ》ったこともあって、漢中郡をつかみそこねた。だが、益州全体を国に変えるためには、どうしても漢中郡を取りたい劉備は、漢中攻略をおこなうべく軍を北上させた。建安《けんあん》二十二年（二一七年）の冬のことである。

曹操軍との戦いがおこなわれたのは、翌年であり、劉備は別働隊を放ったが、曹洪《そうこう》に殲滅《せんめつ》された。

七月に、曹操自身が劉備征討のために西方におもむいた。長安《ちょうあん》に到着したのは、九月である。

劉備は漢中郡の最西端に位置する陽平関《ようへいかん》に布陣し、漢中郡を守る夏侯淵《かこうえん》、張郃《ちょうこう》らと対峙《たいじ》した。この睨《にら》みあいは長く、両陣営は越冬することになった。

戦陣が硬直している場合の戦いかたはむずかしい。端的にいえば、動くべきか、動かざるべきか、その判断ひとつで勝敗が決してしまう。

劉備は動いた。

春になって山谷《さんこく》の凍結がやわらいだせいもあろうが、長安にいる曹操がいつ漢中にくるのかわからず、とにかくそのまえに戦況の優位を確保しておきたかったからである。劉備は過去に曹操と戦っていちども勝ったことがない。兵力の差だけが、その理由ではない。また兵術の優劣もあったかもしれないが、要《よう》は、気合い負けしたといったほうがよい。

が、ここで負けると、おそらく、せっかく得た益州をすべて失ってしまう。かつての劉備であれば、失うことをいっこうに恐れなかったが、いまはちがう。失うことを恐れた。ゆえに策が生まれた。

劉備は陽平関から南下して、粛々《しゆくしゆく》と沔水《べんすい》（漢水《かんすい》）を渡り、山にそってすすんだ。それから定軍《ていぐん》と興勢《こうせい》に布陣した。漢中郡の西部を侵蝕《しんしよく》したのである。それに気づいた夏侯淵は、怒気を発して、劉備の陣に迫って烈しく攻撃した。

敵陣をみおろすかたちになった劉備は、これで勝ったと確信し、

「攻めくだるべし」

と、黄忠《こうちゆう》に命じた。この将軍は老将といってよい年齢であるにもかかわらず、抜群の勇敢さをもっている。荊州《けい》南陽《なんよう》郡の出身で、劉表《りゆうひよう》に仕えていたときには中郎将《ちゆうろうしよう》に任ぜられていた。その後、劉備に随従《ずいじゆう》して蜀にはいった武人である。関羽《かんう》を荊州に残してきた劉備は、軍事において黄忠を重用した。

闘志《とうし》満々《まんまん》の黄忠とその兵は、馳《は》せくだって夏侯淵の陣に激烈に斬り込み、夏侯淵だけではなく佐将のひとりをも殺した。

快勝である。

おどろいた曹操が長安から斜谷《やこく》をぬけて漢中郡に急行してきた。それにともない大量の兵《ひよう》糧《ろう》が北《ほく》山の下に運ばれた。

このとき劉備軍の将軍の位として、趙雲は黄忠の下であった。

「数千袋の米穀《べいこく》があるらしい。奪い取ってやる」

かなり危険な敢行であるが、黄忠の突出が失敗するとはおもわれなかった趙雲は、諫止《かんし》せず、陣を守ることにした。この陣は塁堡《るいほう》といいかえたほうがよいかもしれない。要するに小城である。

だが、黄忠が帰ってこない。

——遅すぎる。

気をもみはじめた趙雲は、ついに数十騎を率いて、黄忠を迎えにでた。

このとき、別の方角から曹操が兵を出撃させたため、その先鋒に趙雲は遭遇した。

当然、先鋒のうしろには曹操の大軍がいる。

だが趙雲はひるまなかった。

その先鋒を切りくずしたあと、主力軍とも戦い、じりじりと退いた。狭隘《きょうあい》な地形をたくみに利用し、数十騎が数千の兵を破った。それでも圧倒的な多数という敵に押された。

趙雲は従騎とともに陣営にもどった。

ここを留守《りゅうしゅ》していたのは沔陽《べんよう》県長の張翼《ちょうよく》である。かれは、趙雲を追撃してきた敵が大軍であると知って、蒼白になった。黄忠が大半の兵を率いてでたあとに残っている兵は寡《すく》なく、この兵力では、一時《いっとき》も経《た》たぬうちに、全滅させられてしまう。なにはともあれ、門を閉じなければならない。

この窮状《きゅうじょう》で、またしても趙雲に一瞬の冷静さが生じた。

——門を閉じれば、死ぬ。

あわてて門が閉じられた小城は、敵兵の目には、いかにも貧弱な陣営に映るであろう。だが、大軍に迫られても門を閉じない小城は、どう映るであろうか。

いきなり趙雲は、

「門を閉じてはならぬ」

と、張翼に命じただけではなく、旗を伏せよ、太鼓も打つな、と大声でいい、この小城を空虚な静寂にみせた。

はたして、曹操軍の兵は、その異様さを怪しみ、

「伏兵があるぞ、城に近づくな」

と、いい、あわただしく引き揚げた。

——敵は、退きはじめたか。

趙雲はほっとなどしていない。背をみせた敵ほど撃ちやすいものはない。太鼓の枹《ばち》を執《と》ると、天を震《ふる》わせるほどたたき、

「いまぞ、撃てや」

と、城内のすべての兵を噴出《ふんしゅつ》させた。この追撃はもののみごとにあたり、逃げる敵兵はおりかさなり、蹂躙《じゅうりん》しあって死傷し、川のながれに落ちた者も多数いた。

翌朝、劉備がその陣営に到り、戦場を検分《けんぶん》したあと、

「子龍《しりよう》の一身はすべてこれ膽《たん》（胆）なり」

と、誉《ほ》めちぎった。趙雲の全身は大胆そのものであると激賞したのであるが、趙雲はさほ

ど愉《うれ》しそうな顔をしなかった。ちなみに、ここでの趙雲の奇策は、のちに、

「空城《くうじょう》の計《けい》」

と、よばれる。

夏に、曹操は漢中郡の奪取をあきらめて帰った。


益州《えき》は漢《かん》帝室を継承する蜀《しょく》という国になった。

曹操《そうそう》を撤退させた劉備《りゅうび》は、漢中王《かんちゅう》となり、二年後に皇帝の位に即《つ》いた。

が、荊州《けい》の関羽《かんう》が孫権《そんけん》の属将に討たれたため、復讎《ふくしゅう》の兵を挙《あ》げた劉備も勝利を得られず、帰還して病歿した。

それによって劉禅《りゅうぜん》（阿斗《あと》）が、践祚《せんそ》した。十七歳の皇帝である。

六十代になった趙雲《ちょううん》は、老将とよばれるようになった。が、それから戦場を踏むことなく、六十代のなかばにさしかかった趙雲に、

「どうやら丞相《じょうしょう》は、北伐《ほくばつ》を計画しているらしい」

と、子叔《ししゅく》が告げた。

丞相とは、孔明《こうめい》というあざなをもつ諸葛亮《しょかつりょう》である。丞相の権能は絶大で、みかたによっては、独裁政治を可能にする。しかし諸葛亮を批判する声は多くも高くもない。諸葛亮が皇帝を凌駕《りょうが》するような無礼をいちどもおこなったことがないからである。

「北伐が実行されれば、それがわれらの最後の奉公《ほうこう》となる」

趙雲はそう予感した。

はたして諸葛亮は出師《すいし》を敢行《かんこう》した。北の魏《ぎ》の国を討つのである。

魏は曹操によって建国され、曹操の子の曹丕《そうひ》が初代の皇帝となり、いまは二代目の曹叡《そうえい》の時代にはいっている。ちなみに兵事の元帥《げんすい》は曹氏一門をたばねる曹真《そうしん》である。

「こりゃ、愉快だ。魏の将卒は仰天するぞ」

漢中郡へ移動した子叔は、はしゃぐようにいったが、やがてなかば怒り、なかば落胆した。趙雲が一軍を率いて箕谷《きこく》に布陣するように命じられたからである。

「主力軍は、はるか西の祁山道《きざんどう》をゆくのに、われらは囮《おとり》か」

たしかに囮であった。が、趙雲は平然としていた。

「そう嘆くな。われらが対戦するのは、魏の主力軍だ。相手にとって、不足はなかろう」

箕谷をおりてゆくと渭水《いすい》に到る。そのほとりから、曹真が大軍を率いてのぼってくる。

このとき趙雲の佐将となったのが鄧芝《とうし》である。かれは荊州の新野《しんや》県の出身で、多才であり、まず文官としての才能を認められたが、劉備の死後に、むずかしい外交の使命をはたした。ここでは武官である。まさに賢英《けんえい》というべき鄧芝は、趙雲にむかって、

「将軍は、どのように戦われますか」

と、おだやかに問うた。戦いが近いというのに、この落ち着きぶりは胆力のあらわれといってよい。

――この男は、すべてがよくわかっている。

ひそかに感心した趙雲は、こまかな説明をはぶいて、

「適当に、負ける」

と、いった。

「なるほど、名将にしかできぬ兵術です」

魏軍の主力軍をひきつけつづけるためには、早い決定的な勝敗は、戦略的意義を失う。要するに、敵の元帥に自軍の優勢を自覚させて、箕谷の深みまで引き込むのである。するとその軍は迅速に進退できなくなる。

諸葛亮の策戦は実行された。

趙雲と鄧芝の兵が箕谷におりて、さらにすすむ勢いをみせた。そのあいだに、蜀の主力軍は西へ移動してから雍《よう》州を侵し、祁山を攻めた。さらに先鋒ははるばると北上して街亭《がいてい》にとどまった。これで雍州という広域を二分したことになる。しかしながら街亭まで進出して厚い防備をほどこしていたはずの馬謖《ばしょく》が、魏の主力軍でもない張郃《ちょうこう》の兵にあっけなく惨敗したため、この策戦は大失敗におわった。

趙雲と鄧芝の軍も負けた。予定通りであった。その引き揚げかたがみごとであったので、帰還した諸葛亮は、鄧芝に問うた。

「馬謖の兵は、乱れに乱れて逃げ帰ってきたのに、趙雲の兵の撤退はそうはならなかった。なぜであるか」

答えは簡単であった。

「趙将軍がみずから後拒《こうきょ》をなさったからです」

だが、このあと趙雲は敗軍の将として官位を貶《お》とされた。それを知った子叔は、

「丞相はほんとうの戦いをわかっていない」

と、地団太《じだんだ》を踏んでくやしがった。

翌年、趙雲は死ぬ。病牀の枕頭《ちんとう》に坐った子叔に顔をむけた趙雲は、

「無言ほど豊かなことばはない。が、こういったわれと、それをきいたなんじは、その豊かさを失うことになる」

と、いった。

趙雲の遺骸が斂《おさ》められた棺《ひつぎ》が葬穴《そうけつ》に沈み、土がかぶせられたあと、独《ひと》り残った子叔は、無言のまま拳で土をたたきつづけた。

李恢

りかい

いつの時代、どこの国にも、行政にすぐれた良才がいる。

後漢《ごかん》末の時代に、益州《えきしゅう》蜀郡《しょくぐん》の成都《せいと》にあって、行政にあたっていた董和《とうわ》もそのひとりである。

当時の益州牧《ぼく》は、劉璋《りゅうしょう》である。

もともと州の監察官を刺史《しし》といったが、それよりも強化された権能が与えられた長官を牧という。ちなみに、牧はやしなうと訓《よ》み、牧民《ぼくみん》とは民をやしなうこと、牧畜《ぼくちく》とは家畜をやしなうことである。

大乱にさらされた中央政府が地方の治安まで手がまわらなくなったために、州を治める者の権力を増大させた。それによって中央政府の羈束《きそく》からまぬかれた州牧は、治下《ちか》の州をほぼ独立国家とした。劉璋もそのひとりで、益州は、州というよりもはや国であって、劉璋は国王に比《ちか》かった。

劉璋の政治がぬるいこともあって、蜀の風俗は奢侈《しゃし》であった。

「蜀が富み豊かであるのはよいが、人々の贅沢《ぜいたく》が過剰《かじょう》であるのはよくない」

県令《けんれい》である董和はつねづねそういって、自分が率先《そっせん》して倹約《けんやく》につとめた。粗衣粗食を実行したただけではなく、僭越《せんえつ》な礼をいましめた。そのために法令を作り、風俗を改善しつづけた。ところが県境に住む豪族は、

「よけいなことをする」

と、董和をけむたがり、黜遠《ちゅつえん》させるために劉璋に面謁《めんえつ》して、

「董和の治めかたが厳しいので、民は怨嗟《えんさ》の声を挙《あ》げております。どうかかれを遠くに転出させていただきたい」

と、要望した。董和の政治の実体を把握していない劉璋は、

「では、董和を巴《は》東属国都尉《とうぞつこくとい》としよう」

と、内定した。人事において瞀々《ぼうぼう》たる眼力しかないといってよい。民のほうが行政官の実力を知っていた。董和が遠くへ遣《や》られると知った吏人《りじん》と県民は、老弱《ろうにゃく》連れ立って、劉璋に直訴すべくおしかけた。その数はなんと数千人であり、かれらは口々に、

「県令さまを留めてくだされ」

と、叫んだ。それを瞰《み》た劉璋はようやく董和の賢良さをさとり、内定をとり消して、二年間董和を留任させた。

その後、董和は益州《えきしゅう》郡の太守となって赴任した。なお益州のなかに益州郡があるのはわかりにくいので、のちにその郡名はあらためられて建寧《けんねい》郡となる。

さて、董和が益州郡太守であったときに、建伶《けんれい》県の令である爨習《さんしゅう》が罪を犯した。

――督郵《とくゆう》の李恢《りかい》が親戚か。

督郵は地元採用の小吏《しょうり》である。その李恢の姑《おば》の夫が爨習であることから、連座《れんざ》が適用される。董和はまず李恢を罷免《ひめん》した。

――さて、それからだが……。

董和は口をむすんだ。吏人を罷免したことは処罰にあたらない。もともと連座は、犯罪者の父兄妻子ばかりでなく親戚と縁者までも処刑の対象となる。そのようなことは百も承知の董和であるが、益州郡のような南部を治めるむずかしさが念頭にあって、爨氏のような豪族を刺戟《しげき》すると、手を焼く事態が生じかねない。それを考えると、連座の対象をごく狭くしておくほうが得策である。

――李恢を連座からはずしておく。

董和は不問に付した。

官途からはずれた李恢であるが、処罰をまぬかれた。董和の好意はそれだけではなく、董和の推挙によって成都へ往くことになった。

李恢の実家は益州郡の兪元《ゆげん》県にあって、そこから成都へ往くには、越嶲《えつすい》郡、犍為《けんい》郡などを通るはるかな旅程がある。

成都のある蜀郡に隣接する犍為郡にはいって、北へすすんだところで、騒然とした空気にふれた。

「なにが、あったのか」

李恢は旅舎の主人に訊《き》いた。旅舎の主人は情報通である人が多い。

「へい、劉備《りゅうび》軍が葭萌《かぼう》から引き返してきて、成都にむかっているということです。広漢《こうかん》郡と蜀郡は、当分のあいだ、戦火にさらされるでしょう」

「そうか……」

葭萌は広漢郡の東北部にある県で、劉璋に招かれた劉備が、荊《けい》州の兵と蜀郡の兵を合わせて、張魯《ちょうろ》を攻めるてはずになっていた。張魯は劉璋の宿敵で、五斗米道《ごとべいどう》とよばれる宗教の教《きょう》主《しゅ》であるとともに益州東北部の漢中《かんちゅう》郡と巴《は》郡の支配者である。五斗米道は張魯の祖父の張《ちょう》陵《りょう》からはじまる。張陵は蜀の鵠鳴《こくめい》山で仙術を会得《えとく》し、その術を知らしめるために書物を著《あら》わした。要するに神秘の術を匿《かく》したままにせず、その一部をつかって現世利益をもたらしたということであろう。その種の術が人民に信じられるようになるためには、人の病を治す、というのがてっとりばやい。おそらく張陵もそうしたであろう。その後、張陵のもとで道術《どうじゅつ》を学びたい者が増え、その際、かれらは五斗米の米をさしだしたので、五斗米道の名がひろまった。

張魯の代になると、信者は増えに増えて、ついに宗教国家を形成してしまった。この国家は外からの支配をまったくうけない堅牢《けんろう》さをもったので、国民は中央政府や州から課せられる夫役《ぶやく》や納税の義務からまぬかれることができた。

――これほど良い国があろうか。

信仰をもった民はいがみあうこともない。むしろ団結力が勁《つよ》い。

ところが、益州牧である劉璋の目からその国をみると、やっかいな異物《いぶつ》のようであった。

——異物は、剔去《てっきょ》しなければならぬ。

当然のことながら、劉璋は張魯の国にむけて兵をだした。が、どうしても勝てなかった。じつは、この案をそこで、荊州で威名を高めた劉備の力を借りよう、ということになった。じつは、この案を実行に移して推進したのは、別駕従事《べつがじゅうじ》の張松《ちょうしょう》であり、かれはまえまえから、

——劉璋では、益州の自立を保てない。

という危惧《きぐ》をいだいており、劉璋を廃して劉備を州牧に立てる、という構想をもって、劉備を入国させたのである。が、この謀計は、実兄の張粛《ちょうしゅく》の密告によって露見した。怒った劉璋は張松を捕斬《ほざん》したあと、張魯討伐にむかっていた劉備を、壅蔽《ようへい》して殺そうとした。その地が葭萌であり、劉備はひるむことなくそこから反撃にうつった。

「ははあ、そういうことか。それなら、劉備の克《か》ちだな」

李恢は成都へ往くことをやめた。早晩、益州牧は劉備になる。董和の推挙を活《い》かすには、まっすぐに劉備のもとに駆けつけたほうがよい。

李恢はひたすら北へむかってすすんだ。

劉備は南下していた。

葭萌の城に霍峻《かくしゅん》をとどめて守らせた劉備は、涪《ふ》県にさしかかった。劉璋はこの城に、劉璝《りゅうかい》、冷苞《れいほう》、張任《ちょうじん》、鄧賢《とうけん》らをつかわして、劉備軍を防がせた。だが、劉備軍はかれらを圧倒した。敗れた諸将は後退して、緜竹《めんちく》県にはいった。

「なさけない者どもだ」

いきりたった劉璋は、李厳《りげん》を呼んで、

「緜竹を助けよ」

と、命じた。もともと李厳は荊州南陽郡《なんようぐん》の出身で、荊州牧の劉表《りゅうひょう》によって秭帰県《しきけん》の令に任ぜられた。しかし荊州が曹操軍《そうそうぐん》に侵入されると、劉表のあとを継いだばかりの劉琮《りゅうそう》は、一戦もせずに曹操に降伏して、荊州をあけわたした。それを知った李厳は、

——曹操には従いたくない。

と、おもい、荊州を去って益州にはいり、その才智を劉璋に認められて、成都の令に擢用《てきよう》された。緜竹の防禦《ぼうぎょ》と諸将の督率《とくそつ》を命じられた際には護軍《ごぐん》に任ぜられた。護軍は諸将の監視者であり、主君の意思の伝達者でもあるので、強い権限をもっている。

緜竹の城のなかにはいった李厳は、劉璋の器量の小ささに発展性はないとみきわめ、集めた諸将には、

「庸主《ようしゅ》のために戦って死ぬことを、犬死にという」

と、いい、将卒《しょうそつ》を率いてさっさと劉備に降伏してしまった。

緜竹の城はあっけなく陥落したのである。

ちょうどこのころ、李恢は緜竹に到着した。ためらうことなく劉備の陣の軍門のまえに立つと、

「益州郡太守の使者であります」

と、声高にいい、悠々と陣中にはいって劉備に面会した。李恢には度胸がある。

——これが劉備か。

落ち着きはらって、耳の大きな五十すぎの将を観察した李恢は、

「益州郡太守の董和は、郡をあげてあなたさまを賛助します。それゆえ、それがしをつかわされたのです」

と、ぬけぬけといってのけた。喜んだ劉備は、

「遠路、苦労であったな。益州郡へは使いを遣るので、そなたはわが陣にとどまれ」

と、李恢を近くに置いた。この者がもっている活発な才覚は使い道が大いにあると感じたからである。

ちなみに、董和は蜀が劉備によって平定されたあと、徴召《ちょうしょう》されて掌軍中郎将《しょうぐんちゅうろうしょう》に任命されて、諸葛亮《しょかつりょう》とならぶほどに重用された。亡《な》くなったときには、家にわずかな財産もなかったのであるから清廉《せいれん》な生きかたをつらぬいたのである。

緜竹《めんちく》城を抜いた劉備《りゅうび》はさらに南下した。

成都《せいと》までの途上にある難関は、雒《らく》城である。

この城は、成都防衛のための最後の坡塘《はとう》といってよく、劉璋《りゅうしょう》はもっとも信用できる子の劉《りゅう》循《じゅん》を遣《や》って城を死守させた。

ここまでは順調であった劉備軍の攻略も、雒城包囲が長びいて、勢いを失いかけた。それを知った劉璋は、劉備軍の後方をおびやかすという手を打った。

「葭萌《かぼう》を奪う」

属将である扶禁《ふきん》と向存《しょうそん》に一万余の兵を率いさせ、閬水《ろうすい》からさかのぼって、葭萌の城を守る霍峻《かくしゅん》を攻めさせた。

じつは葭萌に目をつけたのは、張魯《ちょうろ》のほうがさきで、

「数百人で守っている城だ。恫《おど》して誘えば、こちらのものになる」

と、楊帛《ようはく》という将に多数の兵をさずけて、葭萌にむかわせた。この兵の多さをみれば、抗戦をあきらめて、城に楊帛の兵をいれるであろう。

守将の霍峻は、荊《けい》州の南《なん》郡枝《し》江《こう》県の出身で、兄の霍篤《かくとく》が糾合《きゅうごう》した兵をうけついで劉表《りゅうひょう》に従属した。劉表が亡《な》くなると、劉備に帰順して、中郎将《ちゅうろうしょう》に任ぜられた。むこう意気の強い男で、葭萌を守る兵が寡《すく》ないとわかっていても、楊帛の脅迫には屈しなかった。

「わたしの首を得ても、この城は得られない」

と、いってのけたので、

——この城を落とすのは、容易ではない。

と、感じた楊帛は攻撃をあきらめて去った。

そのあと扶禁らに率いられた一万余の兵に包囲されたのである。霍峻は劉備に急報を送ったものの、救援は求めず、独力で防禦しつづけた。この葭萌の危難を知って劉備がまったく

動かなかったということはなく、雒城の包囲陣を龐統《ほうとう》にまかせて、自身が兵を率いて葭萌に向かうとともに、荊州にいる諸葛亮《しょかつりょう》に書翰《しょかん》を送って戦況を報《しら》せた。これが諸葛亮を益州《えき》へ招くことになったと想《おも》ってよいであろう。

劉備が動いたことで、包囲の将に動揺が生じた。それをみのがさなかった霍峻は城兵を率いて出撃し、敵陣を突き崩して、向存を斬った。その捷報《しょうほう》を得て劉備は引き返した。この劉備の往復にも李恢《りかい》は従った。

劉備軍は雒城を落とすのに、ほぼ一年という時間を要した。その間に、先陣の将で謀臣でもある龐統を失った。城兵が放った矢に斃《たお》されたのである。龐統が兵の先頭に立って戦っていたことがわかる。

「残るは、成都である」

劉備の号令によって、軍はどっと南下した。

夏である。

成都城の包囲を完了した劉備のもとに、書翰がとどけられた。一読した劉備は、一考したあと、李恢を呼んだ。

「馬超《ばちょう》がわれに救いを求めている。なんじは馬超の使いの者とともに潜伏先へゆき、かれをここまで誘導せよ」

「うけたまわりました」

劉備の正式な使者であるという章《しるし》をうけた李恢は、颯爽《さっそう》と馬に騎《の》ったが、

――あの馬超が、ほんとうに主に降伏するのか。

という疑念とおどろきをもった。

馬超の驍名《ぎようめい》は天下に鳴りひびいている。しかも曹操《そうそう》と互角《ごかく》の戦いをして、屈することなく、今日まできている。およそ人に頭をさげたことがない馬超が、劉備に頭をさげようとしているのは、よほどのことがあったにちがいない。それとも劉備をあざむいて益州を取るために、いつわりの降伏をするのか。

みちみち、馬超の使いの者にうちとけた李恢は、馬超が苦境にあることをはじめて知った。

「潼関《どうかん》の戦い」

とは、のちの語り草になるほどの大戦で、馬超は西方の渠魁《きよかい》というべき韓遂《かんすい》と連合して曹操に決戦をいどんだ。が、曹操の謀臣である賈詡《かく》の策によって、馬超は韓遂が曹操に通じているのではないかという疑いをもったため、両者の連合は弱くなった。そこに曹操につけこまれて、馬超は大敗した。西へ西へと敗走した馬超は、その後、立ち直って涼州《りよう》を支配すべく刺史《しし》の韋康《いこう》を殺して威勢を張った。ところが韋康の下にいた吏民《りみん》に強烈に復讎《ふくしゆう》され、拠点とした城を奪われたため、進退に窮し、ついに涼州を去って、もっとも近い益州の漢中《かんちゆう》郡にはいって張魯をたよった。

張魯は馬超の名の大きさから、この順服を喜び、自分の女《むすめ》を嫁《とつ》がせてもよいとおもうほど優遇しようとした。ところが左右の者は難色を示した。馬超は肉親への情がうすい。そういう者がとても他人を愛せるとはおもわれない。そう説《と》かれた張魯は馬超を歓待するのをやめた。

馬超は涼州奪回を豪語して、なんとか張魯から兵を借りて出撃したものの、成果は得られず、漢中における自分への危険な非難をおもって、滞陣していた武都《ぶと》郡から逃走して氐《てい》族のあいだにかくれた。氐族はチベット系の遊牧民族である。

――もはや劉備にたよるしかない。

馬超にとって、劉備が最後のいのち綱となった。

精《せい》も根《こん》も尽きはてた馬超の陋態《ろうたい》を目撃した李恢は、

――馬超も落ちぶれたものだな。

と、軽蔑《けいべつ》しかけたが、もともと機転がきく男だけに、あえて敬意をあらわにして、

「将軍からの書翰をたまわり、わが主は雀躍《じゃくやく》するほど喜び、みずから将軍を出迎えたいといいましたが、ちょうど成都包囲のさなかですので、それがしが主に代わってまいりました。なにしろ成都は天下の堅城です。が、将軍が陣営に参加なさり、劉璋にむかって一喝《いっかつ》なされば、城兵はことごとく弓矢を臥《ふ》せ、城門も崩れ落ちるでありましょう。さあ、将軍、いそぎ弓矢をお執《と》りになり、成都へ駆けてください。成都が落ちてからでは、将軍の大名《たいめい》は、主の偉業の下にかすんでしまいますぞ」

と、煽《あお》るようにいい、馬超の戦意をよみがえらせた。

このとき馬超は、跳ね起きて、

――ありがたい。

と、おもったであろう。劉備が歓待してくれることを知って感動した。曹操にさからいつづけた英雄はほとんど死に絶え、残存しているのは、馬超自身と劉備それに孫権《そんけん》だけである。劉備が益州を取れば荊州とあわせて二州の宗主となる。孫権も揚《よう》州とその南の交《こう》州を支配している。そのふたりにひきかえ、自分は涼州という一州も収めることができなかったばかりか、父も妻子も喪《うしな》い、わが身ひとつをも安住させることができない。

晩年にさしかかっていた馬超は、慙愧《ざんき》にまみれていたといってよい。こういうときであったからこそ、劉備がさしのべてくれた手がむしょうにうれしかった。

道中、そういう馬超の心情を推察した李恢は、

——主と馬超のちがいは、徳量の差だな。

と、臆断《おくだん》した。

李恢は劉備の履歴《りれき》の詳細を知っているわけではないが、戦いに負けるたびに妻子を棄《す》ててきたことを伝聞で知っている。その行為は身内への情の薄さをあらわしている。だが、縁もゆかりもなかった者とつきあえば、その情誼《じょうぎ》は異常なほど篤《あつ》い。それを儒教的なことばでいえば、仁《じん》を棄てても義《ぎ》に篤い、ということになるであろう。実際、李恢は劉備に仕えて日が浅いが、主従の形式的な関係を感じず、劉備に父兄を感じてしまう。

——ふしぎな人だな。

そういうふしぎさがなければ、徒手空拳《としゅくうけん》からここまで昇ってこれないであろう。馬超には、野心がみえすぎて、人格的なふしぎさがない。

——劉備が益州の宗主になれば、この州は全体が金城《きんじょう》になるだろう。

明るい予感をいだいた李恢は、成都の陣営に帰着するまえに、馬超の現状を劉備に伝えるべく、副使を駛《はし》らせた。

「馬超の兵はそんなに寡ないのか」

西方の英雄の凋落《ちょうらく》ぶりをあわれんだ劉備は、ひそかに麾下《きか》の兵を割《さ》いて、馬超のもとにむかわせた。あたかも馬超配下の兵のようにみせた。それだけではなく、成都の包囲陣に到着する馬超を、劉備はみずから出迎えた。

それらの配慮に、馬超は感激した。

——あの悍馬《かんば》を主は手なずけられるのだろうか。

と、危ぶむ声があった。だが、馬超は劉備にだけは従順であった。劉備の指示に従って、与えられた兵とともに、城の北に駐屯した。

「馬超が敵陣に加わった」

雷鳴をきいたように城兵は首をすくめた。馬超の勇名は蜀《しょく》では衰えておらず、城内の将卒《しょうそつ》は震慄《しんりつ》した。この日から十日も経《た》たぬうちに劉璋が開城したのは、馬超の武勇のすさまじさにおびえただけではないにせよ、その名が城兵の戦意を喪失させたであろうことは、想像するに難《かた》くない。

劉璋にかわって成都の主となった劉備は、

——才覚のある男だ。

と、李恢の活発な才能を認め、功曹《こうそう》に任じた。功曹は豪族にも顔が利《き》く高級官吏である。

李恢《りかい》はちょっとした災難に遭《あ》った。

謀叛《むほん》の罪をのがれるために逃亡した者がおり、その者が逮捕されたあと、

「もともとの首謀者は李徳昂《りとくこう》だ」

と、誣告《ぶこく》をおこなった。徳昂は、李恢のあざなである。取り調べをおこなった役人は、上《じょう》申《しん》をおこない、劉備《りゅうび》の判定を仰いだ。

「李恢が謀叛を――」

ばかばかしいとはおもいながら劉備は、別の官吏に調査をおこなわせた。

「根も葉もないことでした」

この報告をうけた劉備は、李恢を別駕従事《べつがじゅうじ》に昇進させた。

劉備は皇帝の位に即《つ》いたとき、章武《しょうぶ》という元号を建てた。その章武元年（二二一年）に、厎降都督《らいこうととく》である鄧方《とうほう》が亡《な》くなった。劉備は成都《せいと》にはいって益州牧《えきしゅうぼく》となったあと、すぐに南中《なんちゅう》（益州南部）の治安の悪さを想《おも》い、犍為郡《けんいぐん》、牂牁郡《そうかぐん》、犍為属国《けんいぞっこく》の境が接するあたりに南昌《なんしょう》という治所《ちしょ》を置き、厎降都督を駐在させて、南中にあるすべての郡を統轄《とうかつ》させた。

鄧方はめだたないが名臣といってよく、南中をおさえるに充分な重鎮《じゅうちん》であった。その重《おも》しがとれたあと、南中の諸族が躁《さわ》ぎはじめることを懸念《けねん》した劉備は、

「たれが鄧方の代わりになるであろうか」

と、李恢に問うた。

「人の才能にはおのおの長短があります。それゆえ孔子《こうし》は、人を使うときは才能に応じた使いかたをする、とおっしゃっています。それに明主が上にいれば、臣下は情を尽くします。このため、前漢《ぜんかん》の時代にあった先零羌《せんれいきょう》との戦いの際に、趙充国《ちょうじゅうこく》は、老臣《わたし》にまさる者はおりません、といったのです。わたしは主上がお示しになった重任に適しているかどうか、自分ではわかりませんので、どうか主上がご推察ください」

これは、いうまでもなく、婉曲《えんきょく》な自薦《じせん》である。

好意の目をむけて笑った劉備は、

「われの本意も、またすでに卿《きみ》にある」

と、いった。最初から劉備は、鄧方の後任は李恢しかいないとおもって諮問《しもん》したのである。

李恢は庲降都督・使持節《しじせつ》、領交州《りょうこう》刺史《しし》として、平夷《へいい》県に赴任した。平夷県は南昌の東に位置し、牂牁郡の西北端にある。

このあと劉備は呉《ご》を攻めるべく外征をおこない、二年後に崩ずるので、李恢が諮問されたときにみた劉備がかれにとって最後の容姿となった。

劉備の死は南中の諸族を動揺させた。

擾乱《じょうらん》を起こした有力者や豪族は数人いる。

牂牁郡の朱褒《しゅほう》

益州《えきしゅう》郡の雍闓《ようがい》
越嶲《えつすい》郡の高定元《こうていげん》（高定とも）

などである。

朱褒は郡丞《ぐんじょう》でありながら、太守の職を奪ったかたちでかってにふるまった。このとき丞《じょう》相《しょう》の諸葛亮《しょかつりょう》は喪《も》に服しており、すぐに鎮討《ちんとう》の兵をだせないため、少々ぬるい手をうつしかなかった。諸葛亮にかわって李厳《りげん》が人を選んで説諭《せつゆ》と調査をおこなわせた。南中へむかったのは常頎《じょうき》である。かれは雍闓のもとに行って李厳の文書を示してさとし、ついで牂牁郡にまわった。そこでは郡の内情を熟知している主簿《しゅぼ》を逮捕して、どのような不正がおこなわれているかを問いただした。

「よけいなことをする」

そううそぶいた朱褒は左右の者をつかって常頎を殺し、叛乱に踏み切った。

雍闓の気の荒さは朱褒をうわまわっている。かれは郡太守の正昂《せいこう》を殺害した。太守が消されたので、成都の朝廷は、才覚のある張裔《ちょうえい》を益州太守に任命して赴任させた。だが、益州郡の支配をじゃまされたくない雍闓は、

「あんな太守など、さっさと捕らえて呉へ追放してしまえ」

と、手下に命じて、実行させた。雍闓を説得するつもりであった張裔はなすすべなく捕獲されて、呉へ送られてしまった。この叛逆を呉の孫権《そんけん》は喜んだのであるから、少々質《たち》が悪い。さっそく孫権は使いを送り、雍闓を永昌《えいしょう》太守に任命した。

益州南部にある諸郡の位置を、おおざっぱに画《か》くと、
東　犍為郡と牂牁郡
中　越巂郡と益州郡
西　永昌郡
となり、永昌郡は西にあってかなり広い。孫権から永昌郡を与えられた雍闓は、越巂郡にいる高定元によびかけ、あなたは北からわたしは東から兵をむけるので、ともに永昌郡を攻めよう、ともちかけた。
が、高定元は気乗りうすであった。
もともと高定元は蛮族の王であり、蜀の政府の支配をいやがり、越巂郡の丞《じょう》である焦璜《しょうこう》を殺して、郡全体をおさえて王を僭称《せんしょう》した。
――雍闓のために永昌郡を攻めても、一利もない。
と、なれば、高定元の兵が戦意を保ったまま永昌郡を攻めつづけるはずがない。
やむなく雍闓は単独で永昌郡を攻めた。だが永昌郡の功曹《こうそう》の呂凱《りょがい》、府丞《ふじょう》の王伉《おうこう》などは、政府軍の救援がないとわかっていても腰砕《こしくだ》けにならず、頑強に抗戦をおこなって郡を守りぬいた。雍闓の軍事が不調になったことで、その実力を疑う少数民族があちこちにでたため、
――まずい。
と、感じた雍闓は、叛乱に同調してくれた首長のひとりである孟獲《もうかく》を遣《や》って、少数民族の動揺を鎮《しず》まらせた。

南中が乱逆そのものとなっては、厳しい手を打たざるをえなくなった諸葛亮は、ついに南征を敢行することにした。

乱魁《らんかい》は三人である。朱褒、高定元、雍闓の三人を討てば、いちおう乱はしずまる。

そこで諸葛亮は三軍を編制した。

東路軍、中路軍、西路軍という三軍である。

主力の西路軍は諸葛亮自身が率いて越巂郡の高定元を討つ。東路軍は門下督《もんかとく》の馬忠《ばちゅう》に率いさせて、牂牱郡にむかわせ、朱褒を誅滅《ちゅうめつ》させることにした。

雍闓のいる益州郡へむかう中路軍の将帥《しょうすい》に任命されたのが、李恢である。

南中の地形は複雑で、大軍がすすみやすい道などないとなれば、兵の多さは威力にはならない。それはわかっているものの、李恢の軍の兵力は大きくなかった。諸葛亮の軍の先払いといったほうがよいかもしれない。

「政府軍が南下してくる」

この流言に接した諸族はあわただしく兵をととのえて待ち構えた。李恢の軍はそのなかに飛び込んだ。またたくまに包囲されてしまった。

諸葛亮の主力軍は高定元との決戦のために、卑水《ひすい》のほとりにとどまって動かない。先行した李恢の軍とはかけはなれた遠さにいる。

――こりゃ、活路がない。

それどころか、まもなく四方から攻撃されて殄滅《てんめつ》されてしまう。李恢がもとからの武人であったら、覚悟を定めて奮戦し、戦死する道をえらんだであろう。だが、かれは臨機の智慧《ちえ》をもち、死地から脱する方法をおもいついた。

李恢の実家は、かつて太守の董和《とうわ》がはばかった爨習《さんしゅう》の縁戚《えんせき》で、豪族のひとつにかぞえられている。その名をつかえば、なんとかなる、と肚《はら》をすえた李恢は、叛乱の諸族に使いをだした。

「官軍の兵糧《ひょうろう》が尽きたので、撤退して帰還することを図っていたところだ。われは久しく郷里から離れ、いまこうして帰ることができた。北へ復《かえ》ることができないとなれば、ここに帰ってきたついでに、なんじらと計謀をともにしたい。誠心をもってなんじらに告げる」

このことばをかれらが信じたということは、兪元《ゆげん》県の李氏、という素姓《すじょう》がそうさせたのであろう。

四方から襲撃されずにすんだ李恢は、包囲のゆるみを知るや、

「突撃――」

と、叫び、敵陣を突き崩した。敵は少数民族の民が寄り集まったにすぎず、敗色が濃厚になれば四散するだけである。北へ逃げる兵を追撃した李恢は、

「もう追わなくてよい。こんどは南だ」

と、馬首を返した。南進したこの軍は槃江《はんこう》に到り、それから東進して牂牁郡に接するところまで行った。

諸葛亮の軍が高定元の軍を討つまえに、高定元と連合するはずの雍闓が遅れたため、高定

元に疑われ、参加したとたんに斬殺された。そのため孟獲が雍闓のあとを継ぐことになった。

高定元を斬った諸葛亮は、益州郡まで南下して孟獲と戦い、かれを七度捕らえて七度縦《ゆる》したことは伝説となった。牂牁郡へむかった馬忠は朱褒を斃《たお》したのであるから、いちおう諸葛亮の南征は成功であった。

しかしながら、諸葛亮とともに征路をすすんだ越巂太守の龔禄《きょうろく》は、諸葛亮が引き揚げたあと、李求承《りきゅうしょう》という首長に殺された。また、犍為太守であった王士《おうし》は、諸葛亮の南征にあたって、益州太守に任命されて、李恢と協同するように指示されていたが、赴任する途中に南中の族に殺害された。それほど南中の鎮定はむずかしく、李恢はきわどく生きのびたというべきであろう。

とにかく李恢は、多くの功を樹《た》てたと賞されて、益州郡が建寧《けんねい》郡と改められたのでその郡の太守に任命されたほかに、漢興亭《かんこうてい》侯に封《ほう》ぜられ、安漢《あんかん》将軍を加えられた。

のちに南中の蛮夷《ばんい》がふたたび叛《そむ》くと、李恢が征《い》って討伐をおこない、成果をあげた。かれは軍事に上達し、用兵も巧《うま》くなった。南中の富が成都にとどくようにさせたのも李恢である。そのため蜀《しょく》の軍資が充実した。

諸葛亮が四回目の北伐をおこなった建興《けんこう》九年（二三一年）に、李恢は居《きょ》を建寧郡から漢中《かんちゅう》郡に徙《うつ》したが、この年に亡くなった。

蜀という国家の創業のころから充実期までを観《み》て、めずらしい体験もした。めぐまれた人であったといってよいであろう。

王平

おうへい

ひとりの兵が猛然と走ってきた。

「隊長、退路がふさがれました」

この悲鳴にも似た声をきいた王平《おうへい》は、

——願いとは、かなうものだ。

と、内心ほくそえんだ。曹操《そうそう》がみずから益州《えき》を攻めるのは、これで二度目である。四年まえの益州攻撃は、漢中《かんちゅう》郡と巴《は》郡を支配していた張魯《ちょうろ》を降《くだ》すことを、戦略的主眼としていた。それを果たした曹操に、

「このまま進軍をつづけて、蜀《しょく》の劉備《りゅうび》を討つべきです」

と、進言したのが司馬懿《しばい》である。

たしかにそのときというのは、劉備が蜀郡の成都《せいと》に入城してから、一年しか経《た》っておらず、しかも劉備は荊《けい》州の支配に関して孫権《そんけん》と衝突していた。すなわち、劉備はまだ益州の民に信頼されておらず、孫権の応援も得られないという、不安定な状況に立たされている。せっかく漢中郡を取ったのだから、この勢いのまま、軍を南下させれば、劉備をたたきのめすこと

ができる。

司馬懿の意見は、劉備の弱点をついて、まさに該贍《がいせん》というべきものであったが、曹操はうなずかなかった。このとき、

「隴《ろう》を得たうえに蜀まで取ろうとはおもわぬ」

と、曹操はいい、夏侯淵《かこうえん》と張郃《ちょうこう》を漢中郡に駐留させ、自身は去った。もしもといういいかたは、歴史では禁じられているようなものだが、もしも曹操が司馬懿の進言を容《い》れて軍を成都にむけてすすめていたら、劉備は深刻な危険にさらされることになったであろう。

だが曹操には後顧《こうこ》の憂《うれ》いがあり、長期戦を避けたかった。

ところで、隴を得て蜀を望む、とはもともと後漢《ごかん》王朝を創業した光武《こうぶ》帝のことばである。隴とは山の名で、隴右《ろうゆう》とは隴山の西をいうが、光武帝がいった隴は涼《りょう》州を指すと想《おも》ったほうがよい。つまり、涼州を取ったあとで、さらに益州を取りたいのであるから、人の欲望はかぎりがない、と自嘲《じちょう》をほのめかした。光武帝には名言が多く、これもそのひとつであり、おなじ意味を、後世の人は、

「望蜀《ぼうしょく》」

と、二文字で表現するようになった。

だが曹操が、われはそれほど貪欲《どんよく》ではない、といったのは、自身のつごうもあったであろうが、光武帝をさりげなく批判したというみかたもできる。この年は、曹操が魏《ぎ》王になる前年にあたり、

「わたしが樹《た》てる王朝は、あなたのまねではない」

と、光武帝にいったつもりかもしれない。

とにかく曹操は漢中郡を確保しただけで、劉備を攻めるのをやめた。やめてくれたおかげで、劉備は実力を培養《ばいよう》することができた。益州はまぎれもなく劉備の州になりつつあった。

この時期に、軍事における計策を立てたのは、諸葛亮《しょかつりょう》ではなく法正《ほうせい》である。この鬼才は、かつて益州牧《ぼく》の劉璋《りゅうしょう》の下にいたが、この宗主の凡庸《ぼんよう》さにいや気がさし、荊州から劉備を迎えた主謀者のひとりである。かれは曹操の弱点を看破した。曹操は王朝運営が心配で、益州攻めに集中できない。

「ゆえに漢中に残留している夏侯淵と張郃を攻めれば、かならず勝てます」

この法正の進言を、劉備は容れた。

蜀軍を北上させたが、すぐに夏侯淵を攻めるというわけにはいかなかった。夏侯淵は歴戦の良将である。隙《すき》をみせなかった。やむなく対峙《たいじ》することになったが、その間に、曹操がみずから軍を率いて西行し、長安《ちょうあん》にはいった。その主力軍は長安に駐《と》まって動かなくなった。劉備軍が睨《にら》みあいに厭《あ》きて引き揚げれば、曹操も帰途につくという姿勢であろう。

越冬して、春の光を浴びた劉備は、内心焦《じ》れていたこともあって、

「よし、決行しよう」

と、軍をすすめ、夏侯淵の軍を急襲した。夏侯淵は不意を衝かれたわけではなく、その急襲を知って、むしろ迎撃《げいげき》のために軍を前進させた。が、両軍の陣の位置の高低が勝敗を分け

た。高みからくだった劉備軍のほうが勢いにまさり、夏侯淵を斃《たお》した。なおその陣中には、夏侯淵の子の夏侯栄《かこうえい》がおり、かれは十三歳という若さでありながら父とともに戦って死んだ。

「夏侯淵が戦死しました」

この凶報に接した曹操は、おどろいて長安を発《た》ち、駸々《しんしん》と漢中郡へむかった。

王平は曹操に率いられた主力軍のなかにあって、校尉《こうい》に任ぜられており、一隊をまかされていた。

出身は益州巴西《はせい》郡の宕渠《とうきょ》県である。

もともとそのあたりには州牧の政治に不満をもつ豪族と蛮族が多く、かれらはほとんど劉璋を嫌って漢中郡の張魯にしたがった。ところが曹操が漢中郡の攻略に成功して、張魯を降伏させたため、かれらも曹操に順服した。それを喜んだ曹操は、賨邑《そうゆう》侯と称していた杜濩《とこ》を巴西太守に、また巴郡七姓の夷《い》王といわれた朴胡《ふこ》を巴東《はとう》太守に任命した。ふたりが正式に任命されるということで、上洛する際に、王平は随伴《ずいはん》したのである。それがあって、王平は曹操から校尉に任ぜられた。

しかし、すぐに、

——居ごこちが悪い。

と、感じるようになった。兵のなかに王平の無学を嗤《わら》う者がすくなくなかった。たしかに王平は学問をしたことがない。はっきりいえば、文字を書くことができず、知っている文字の数は十にすぎなかった。

曹操は陣中にも書物をもちこむような人であるから、諸将もそれをみならおうとする。が、王平にとって書物は苦痛の種でしかない。

——故郷に帰りたい。

その懐《おも》いがつよくなると同時に、益州牧となって信望を集めた劉備に魅力を感じるようになった。なにしろ劉備は学問ぎらいであり、その左右に勧学《かんがく》の徒《と》はほとんどいなかったときく。

——仕えるのなら、劉備のほうがよい。

真情はそうである。ところが、そのためにはどうしたらよいのかがわからない。益州にむかって行軍しているさなかに、そればかりを考えていた。

——脱走するか……。

これがうまくいけば、たれにも迷惑をかけずにすむ。しかし一兵卒であれば可能であることも、隊長となればそうたやすくはない。

——隊とともに投降するのはどうか。

これはさらに危険である。降伏したがっている隊長を憎悪する兵がいれば、その兵に殺される。

迷いつづけているうちに、漢中郡に着いて、王平の隊は先陣に加えられた。

戦闘がはじまった。

曹操軍は前進をつづけたものの、蜀軍の堅守を崩せない。死傷者がでるのは曹操軍ばかり

である。そういうときに王平は曹操に呼ばれて、

「なんじは巴西の出身であったな。敵陣の裏にまわる道をみつけよ」

と、偵探《ていたん》を命じられた。

曹操の本営は陽平関《ようへいかん》にあり、劉備の本営は定軍山《ていぐん》にある。その裏へまわるためには、大きく迂回するしかない。

――このまま巴西まで逃げてやろうか。

と、おもわぬでもなかったが、とにかく新たな迂回路を捜すために間道にはいった。すすめばすすむほど道は細くなった。やがて、先頭の兵が駆けもどってきた。

「この道はだめです。崖につきあたります。すすめません」

「わかった。引き返すぞ」

この号令に従って全員がきびすをかえしてしばらくすすんだとき、退路が敵兵によってふさがれた、という急報が王平のもとにとどけられたのである。

――しめた。

ここでの王平は簡択《かんたく》に迷わなかった。

「みな武器を放棄せよ。よくきけ。いま戦えば全滅する。生きて故郷へ帰ることができず、柩車《きゅうしゃ》に乗せられて帰ることになるのだぞ。たとえ戦死せず、しかし捕虜になれば、生涯奴隷《どれい》の身となり、父母兄弟には会えなくなる。われはみなをそうさせたくない。みな坐れ。われにまかせよ」

王平がひとりだけ立って蜀将があらわれるのを待った。

蜀《しょく》の将軍のひとりである白髪の老将は、

「なんじゃ、この隊は」

と、怪しんだ。魏《ぎ》兵のすべてが武器を放擲《ほうてき》し、地に坐って、静黙している。

「武器をとりあげよ」

と、配下に命じた老将は歩をすすめ、ようやく甲冑《かっちゅう》をぬいで立っている男をみつけた。

――こやつが隊長だな。

老将はその男のまえにすすみ、剣刃《けんじん》を男の肩にあてた。

「そなた、何者だ」

「それがしは巴西《はせい》郡宕渠《とうきょ》の王平《おうへい》で、あざなは子均《しきん》といいます。かねて益州牧《えきしゅうぼく》のご尊名にあこがれ、時誼《じぎ》が至れば、お仕えしようとおもっていました。たまたま偵探を命じられ、道に迷いましたが、いまこそその時誼であるとさとり、天祐に感謝しているしだいです。どうかそれがしを益州牧にお会わせくださいますように」

これは美辞でもいいわけでもない。本意からでたことばである。

が、老将はすぐに信じず、ふりかえって、

「たれか、この者を知っているか」

と、配下に問うた。すぐにふたりの兵が、巴西の者です、と声を揚げ、挙手した。

「そこのふたり、ここにきて、よく顔をみよ」

老将にうながされてまえにでたふたりの兵は、王平の顔をみると、すぐにうなずきあって、

「まちがいないです。王氏は地元では有名な勇者で、いちど指図をうけたことがあります」

と、告げた。

「よかろう。妄《うそ》ではないことがわかったが、いまは戦闘中だ。そなたの兵をわれがあずかる。あとで益州牧のもとへ連れてゆく」

この戦いは、曹操《そうそう》軍が攻めつづけ、劉備《りゅうび》軍が守りつづけたというものであったが、死傷者が増えたのは曹操軍ばかりであった。ついに曹操軍は漢中《かんちゅう》郡の保持をあきらめて撤退した。

漢中郡の山谷《さんこく》に蜀兵の歓声がこだました。

このとき王平は劉備にむかって跪拝《きはい》していた。

劉備は過去の戦陣で衆目をおどろかすような快勝をみせたことがないので、兵略家とみられていないが、じつは武人を評する目はたしかなのである。王平をみた劉備は、

――その沈毅《ちんき》さは一流だな。

と、洞察した。

「そなたは、軍における位は、どのようであったか」

「校尉《こうい》でした」

「では、牙門将《がもんしょう》、裨《ひ》将軍に任ずる」

校尉と裨将軍は似たようなもので、将軍に次ぐ地位であり、いわば部隊長である。

「喜んでお受けします」

仰首した王平は、劉備をみて、

——この人は、われをいささかも疑っていない。

と、感じた。勘《かん》のするどい男である。人を信ずる力は、曹操より劉備のほうがまさっているのではないか。王平はこの時点で劉備を敬仰《けいぎょう》し、明るい未来をもつ蜀のために尽力する覚悟をしっかりと定めた。

劉備の武人を観《み》る目についていえば、曹操軍をしりぞけたあと、群臣から王位をすすめられ、諸葛亮《しょかつりょう》の助言もあって、漢中王となるが、涼《りょう》州に接する漢中郡という重要な郡を、群臣の予想を裏切るかたちで、張飛《ちょうひ》ではなく魏延《ぎえん》にあずけたことが秀逸《しゅういつ》である。猛将で剛愎《ごうふく》そのものといってよい魏延だが、劉備にだけは誠実に従い、漢中郡を守りぬくのである。

やがて劉備は王から帝へ昇った。それから呉《ご》を攻伐したものの、敗退して、病死した。武人の統率と活用にすぐれていた劉備を失ったことが、蜀にとって大いなる痛手となった。

さらにいえば、蜀を中心とする益州は、守りやすい地形をそなえており、その地形の有利さを想念の外に置いて他州を攻めるという発想を発展させてゆくのは、なかなかむずかしい。要するに、巍《たか》い山と深い谷が益州を守ってくれているのであるから、防衛に智慧《ちえ》をつかう必要がなく、極端なことをいえば、将卒《しょうそつ》はなにもしなくてよい。良将が育たない理由はそういうところにある。例外的に魏延のような攻撃型の将もいるが、かれは益州の出身ではなく荊《けい》州の出身であり、経てきた軍事的な風土がちがう。

いまひとりの例外が、王平であろう。

かれは益州の出身ではあるが、しばらく魏軍のなかで兵をあずかるという経験をした。曹操の兵略の色で染められた軍の機敏性は蜀軍にはないものである。

劉備が崩じてから四年後に、丞相《じょうしょう》である諸葛亮は大規模に軍旅を催して、魏を攻めるべく漢中郡まで北上した。が、そこで停《と》まった。

――ここに軍を停留させる理由がわからぬ。

王平は首をひねった。漢中郡まで軍がきたということは、当然、谷をくだって魏の雍州《ようしゅう》(旧涼州)を攻略するのであろうが、その戦略の全貌は、元帥《げんすい》の諸葛亮しか知らない。

――呉に連絡しているのか。

王平なりに考えたことはそれである。かつて劉備が呉を攻撃したことで、蜀と呉の関係は険悪になったが、劉備の死後、諸葛亮がそれを修復した。その際、盟約のひとつに、

「魏を攻めるのであれば、ともに軍を発すること」

という一条があれば、蜀軍は単独で魏を攻められないが、どう考えても、はるかかなたの呉と同時に魏を攻めるなどということはむりである。

――呉など、なんの助けにもならぬ。

助けを待つ心があると、戦いは負ける。これが王平の信条である。

やがて年末になって諸葛亮は諸将に計画を披露《ひろう》した。魏の新城《しんじょう》太守である孟達《もうたつ》に叛乱を起

こさせることに、なかば成功したと諸葛亮がみたからである。

——そんなことを待っていたのか。

王平の感覚からすると、それはたいした策ではない。孟達ごときが叛《そむ》いたところで、魏は痛痒《つうよう》をおぼえないであろう。蜀がおこなったことは小細工にすぎない。

——これはほんとうに丞相の頭脳からでた策戦か。

王平は疑わざるをえなかった。

先鋒の将帥《しょうすい》が馬謖《ばしょく》であり、魏延ではないとわかったほかに、方向ちがいの道に趙雲《ちょううん》と鄧芝《とうし》を配しておとりとすると知って、疑念はいっそう濃厚となった。馬謖には実戦経験がほとんどない。それに属《つ》く将は、張休《ちょうきゅう》、李盛《りせい》、黄襲《こうしゅう》と王平自身である。先鋒に加えられなかった魏延は憤然とし、

「まだるっこい策よ。われに兵を与えよ。長安《ちょうあん》を急襲して陥落させたほうが早い。そのあと丞相はゆっくりとやってくるがよい」

と、諸葛亮のむだな用心深さを嗤《わら》った。

——孫子《そんし》の兵法だな。

王平は書物の一行も読めないので、侍人《じじん》に読ませてきくことにしている。魏延の発想は重要な都邑《とゆう》を急撃して取り、地点をつないでゆくという孫子の兵法を応用したものである。だがその奇策をしりぞけて魏延を慍然《うんぜん》とさせた諸葛亮の戦略とは、

「遠交近攻《えんこうきんこう》」

とするものではなく面を取ろうとする。

といえるもので、遠くの呉と結び近くの魏を攻め、しかも点を取るのではなく面を取ろうとする。

——なるほど范雎《はんしょ》の戦略か。

王平は『史記《しき》』も知っている。たとえ奇襲で敵の重要都邑を取っても、その都邑を守りつづけなければ勝ったといえない。その守りぬくことの難易《なんい》を想《おも》えば、隣接している敵国の領土を取ったほうがよいのである。つまり敵国に一歩踏み込めば、その一歩分が自国の領土になる。それを拡げてゆけば天下を取ることができる、というのが秦《しん》の宰相《さいしょう》となった范雎の思想であり、その思想のもとに、ついに始皇帝は天下統一をはたした。

范雎の思想を丞相に吹き込んだのが馬謖であろう。王平はそう推察した。

蜀軍は動いた。主力軍ははるか西の祁山道《きざんどう》へむかった。

祁山は雍州の天水《てんすい》郡にある魏の要塞である。そこをすぎて北へむかえば、渭水《いすい》にあたる。そのあたりを蜀軍がおさえてしまえば、雍州の半分を取ることができるようになる。

諸葛亮の軍が祁山を攻撃した。

その間に、馬謖は北進をつづけ、渭水を越え、清水《せいすい》県をもすぎて、街亭《がいてい》に到り、ようやく停止した。街亭は天水郡のとなりの広魏《こうぎ》郡にあり、しかもその郡の東端に位置する。

ここにきて王平には諸葛亮が脳裡に画いた戦略図の全容がわかった。

趙雲、鄧芝という良将をつかって魏の主力軍をはるか東の斜谷道《やこくどう》に誘って停滞させる。一方、馬謖には魏の別の軍を街亭で止めさせる。これで魏軍は広魏郡より西へゆけないことになり、そのあいだに諸葛亮の軍は天水郡、南安郡《なんあん》などを平定してしまう。その二郡が降《くだ》れば、それより西の隴西郡《ろうせい》がおのずと蜀に従う。

――うまくいけば、そうなる。

だが、街亭まで進出した将の質が悪い。これが王平の率直な感想である。ほどなく馬謖は道をふさぐための塁《るい》を築くことをやめ、

「南山《なん》に籠《こ》もる」

と、諸将に命じた。たしかに平坦な地に土の城を造るよりも、すでにある山にはいったほうが防備のてまがはぶける。が、南山は道をふさいでいるわけではないので、敵将はそれを無視して、通過してしまう恐れがある。

たれも馬謖に異見を述べないようなので、王平は、

「道をあけない工夫をすべきです。ほかの地に陣を布《し》くべきではありませんか」

と、再考をうながした。が、馬謖は嗤い、

「高きにある兵は、低きにある兵を圧することができる。かつて定軍山《ていぐん》にあった先帝は、下の魏軍を大破なさったではないか。先に有利な地を占めておくのが兵法の基本である」

と、いい、全軍を山中に移動させた。

だが、山中には兵の往来をたやすくする径《みち》があるはずもなく、また泉水《せんすい》がとぼしいので井戸を掘ったところで水がでるはずもない。兵は斜面にとどまることはできず、また草木にさえぎられるため、部隊はどうしてもまとまることができない。そういう不便のなかでの伝達

は遅れがちになるだけではなく、錯綜《さくそう》した。

――まずい。

と、感じた王平は配下の兵を山の麓《ふもと》におろすと同時に、山に籠もっての迎撃《げいげき》は害が大きく利が小さいことを、馬謖に説《と》いた。

が、この諫言《かんげん》は却下された。

「では、せめて、給水路を確保すべきです」

遠くから取水《しゆすい》しては山に上げている。その水は、山中の兵にとって、いのちの水である。水を敵軍に断たれれば、またたくまに全軍は涸渇《こかつ》してしまう。しかし馬謖は、短時日《たんじじつ》で魏軍を撃退できるので、その心配は無用である、といい、王平の進言を容《い》れなかった。

――この人は、自分の幻想に酔っているだけだ。

馬謖をそうみた王平は、きたるべき戦いがそうとうに危ういと深刻に考え、あずかっている兵を戦死させたくないという強い意《おも》いから、堅固な営塁を造らせ、なかに水をたくわえる工夫をした。


諸葛亮《しよかつりよう》軍は祁《き》山の要塞を落とせなかった。

そこで祁山の攻撃をやめさせた諸葛亮は、北へ軍をすすませ、渭水《いすい》のほとりにでた。

この主力軍の出現に雍《よう》州の吏民《りみん》は驚き、隴西《ろうせい》郡と南安《なんあん》郡はすぐに諸葛亮に呼応するかたちをとった。主力軍は天水郡《てんすい》の冀《き》県の攻撃にとりかかり、冀県を落とせば、天水郡も諸葛亮に従うことは必至となった。

馬謖《ばしょく》のいる広魏《こうぎ》郡も降《くだ》れば、四郡を取ることになり、当初の計画通りに軍事は成功する。

魏《ぎ》の主力軍ははるか東の斜谷道《やこくどう》にはいって趙雲《ちょううん》らの軍と戦っているはずであるから、西へはむかってこない。主力でない魏軍が北路を通って街亭《がいてい》へむかうはずであるが、格下の魏軍を馬謖が阻止できぬはずはない、と想《おも》えば、諸葛亮はこの策戦の完遂《かんすい》を予想した。

街亭の南《なん》山に迫ったのは、張郃《ちょうこう》の魏軍である。

かれは歴戦の勇将であり、蜀《しょく》軍が籠《こ》もる山を遠望するや、

「なんと不細工《ぶさいく》な陣か」

と、なかばあきれた。山を背に、川をまえに布陣すればよいものを、山のなかにはいって、どう戦うというのか。

偵騎を放った張郃は、麓《ふもと》の一部に堡塁《ほうるい》があるだけで、ほかになんの備えもないこと、また取水の位置が山から離れていることを知り、

「よし、山を干《ほ》してやる」

と、いい、給水路を絶つべく隊を動かした。

数日後、山中の蜀兵は飲食ができなくなった。

水を求めて山をおりる蜀兵には、身をかくす堡塁がない。それがあるのは王平《おうへい》の陣営だけである。

山は渇水状態となった。

兵はかってに山をおりはじめた。攻撃どころではない。

張郃は総攻撃を命じた。山中の蜀兵は応戦する力をすでに失っており、

「いまぞ――」

――星のごとく散じた。(『蜀書・王平伝』)

という、みじめな敗戦となった。

王平の下には千人の兵がいる。王平は太鼓を鳴らしたが、出撃を命じなかった。やがて兵を営塁からだして整然と後退させた。この潰乱《かいらん》のなかで、この隊だけが異様であった。張郃はその粛静《しゅくせい》を怪しみ、攻撃させなかった。

王平は残留の兵を拾い、逃げまどっている将卒を収めて、帰還した。

天下に恥をさらし、蜀の全国民を失望させた大敗となった。

すべてが順調であったのに、それを馬謖らがぶちこわしたのである。諸葛亮の嘆きも怒りもおさまらなかった。調査をおこなった諸葛亮は、馬謖、張休《ちょうきゅう》、李盛《りせい》という三将軍を誅殺し、黄襲《こうしゅう》を軍から切り離した。ただひとり、王平だけがその戦術眼のよさと戦場における沈着冷静さを諸葛亮に褒《ほ》められ、参軍《さんぐん》を拝命し、それに討寇《とうこう》将軍を加えられ、さらに亭侯《ていこう》に封《ほう》ぜられた。

だが、街亭での大敗の原因は、諸葛亮が先鋒の将に馬謖を選定したことにある。責任をとって死なねばならぬのは、諸葛亮ということにならないか。王平がそうみているうちに、諸

葛亮はみずからを罰するつもりであろう、位を三等級さげた。

——丞相《じょうしょう》が自殺すれば、この国は崩壊する。

諸葛亮にまさる偉材はこの国にはない、というのが実情であり、それが官民にわかっているがゆえに、たれも諸葛亮の死を望まない。

——公平さを保つぎりぎりの処断か。

王平はいちおう納得《なっとく》した。

三年後、諸葛亮は漢中《かんちゅう》郡から出撃して祁山を攻撃した。どうしても落とせない要塞である。王平は主力軍とは離れて南に営塁を築いて、それを守った。

魏は救援軍を発し、司馬懿《しばい》が諸葛亮を攻め、張部が王平を攻めた。が、王平は防戦の名人といってよいのかもしれない。張部の猛攻をうけても堅守しつづけた。

兵糧《ひょうろう》が尽きたため、諸葛亮は軍を引いた。

「追え——」

と、いったのは、司馬懿である。

しかし張部はすぐにはそれに従わず、

「引き揚げる兵を追ってはならない、というのが兵法です」

と、難色を示し、動かなかった。それでも司馬懿が張部を鞭《むち》で打つように起《た》たせて、追撃させたところに、不可解さが残る。

やむなく張部は追撃し、青封《せいほう》に到った。そこで向き直った諸葛亮軍と交戦になった。諸葛亮は高地に伏兵を配して、弓と弩《ど》をそろえ、矢を乱射させた。その矢のひとつが張部の右膝に中《あた》った。その傷がもとで張部は死んだ。かれの戦死の地は、木門谷《ぼくもんこく》であるといわれている。

三年後に、諸葛亮は渭水の南に進出し、五丈原《ごじょうげん》に陣を布《し》いた。が、激務がたたって八月に病歿した。死後に、征西《せいせい》大将軍の魏延《ぎえん》と丞相長史《じょうしょうちょうし》の楊儀《ようぎ》は、仲の悪さがあらわになり、楊儀は魏延を置き去りにして帰途についた。

怒った魏延は先まわりをし、楊儀たちが通る桟道《さんどう》を焼き落とした。そのため楊儀たちは山を切りひらいて道をつくり、昼夜兼行して魏延に迫った。魏延は南谷口《なんこくこう》に兵を配して、楊儀の軍を迎撃《げいげき》した。

楊儀に命じられて帰還軍の先頭にいたのが王平である。

——丞相が亡《な》くなられた直後に、このみぐるしさはなんたることか。

そういう腹立たしさをおぼえている王平は、前方をふさいでいる兵を叱呵《しっか》した。

「諸葛公がお亡くなりになり、ご遺体がまだ冷たくならぬうちに、なんじらはどうしてこのようなことをする」

非《ひ》が魏延にあるとうすうすわかっている兵は、この強い声を浴びると、ひるみ、逃げ散った。ほとんど戦うことなく、魏延の隊を破ったのは、まぎれもなく王平の功である。

配下の兵を失った魏延は、数人の子とともに漢中へ逃亡したものの、追ってきた馬岱《ばたい》に斬られた。

楊儀は諸葛亮の後任は自分しかない、と自信たっぷりの男であり、私欲の点では魏延をはるかにうわまわっていた。魏延をほんとうに理解していたのは劉備《りゅうび》ただひとりであったといってよく、誤解をうけやすい性質がわざわいして魏延は死に至ったものの、その死は蜀の軍事にとってかなりの損失となった。

ちなみに楊儀のその後についていえば、諸葛亮が自分の後継者には蔣琬《しょうえん》がよいと皇帝の劉《りゅう》禅《ぜん》に告げていたため、帰還後は要職から遠ざけられた。この不満が昂《こう》じたのか正気を失ったように驕傲《きょうごう》となり、ついに流罪となった。が、そこでも誹謗《ひぼう》中傷をやめなかったため、逮捕され、自殺することになった。

さて、王平の処遇にもどると、帰還後のかれは後典軍《こうてんぐん》・安漢《あんかん》将軍に昇進し、車騎《しゃき》将軍の呉《ご》壹《いっ》の副として漢中に駐屯し、漢中太守を兼ねた。

その後も昇進をかさねて、前監軍《ぜんかんぐん》・鎮北《ちんほく》大将軍を拝命し、漢中を統率するまでになった。

やがてこの漢中が、魏の大軍に襲われることになる。

かねて魏《ぎ》の軍事の中心にいた曹真《そうしん》の子の曹爽《そうそう》は大将軍という高位にいた。父が成功しなかった蜀《しょく》の征伐を自分がなしとげたい、そういうおもいの強いかれは、皇帝の曹芳《そうほう》に不図《ひと》を献じた。

「わが国の国境地帯は、連年、蜀に侵《おか》されていますので、こちらが蜀を討伐すべきです。いくつかの道からいっせいに侵入すれば、かならず大勝利を得られます」

これは父と同様の献策であり、それを曹芳は許可した。

曹爽自身は長安《ちようあん》からすこし遠い儻駱道《とうらくどう》をすすむ。またほかの部隊は斜谷道《やこくどう》などの道をつかって益州《えき》に侵入する。そういう計画を実行した。

曹爽が漢中《かんちゆう》にむかって出発したのは二月であり、予定通り、儻駱道にはいった。

魏軍の先鋒が子午道《しごどう》より西にある駱谷《らくこく》に到ったとき、漢中郡を守っている諸将は、魏軍の攻撃の規模の巨《おお》きさを知って、騒然とした。

「魏軍は七万余ですぞ」

諸将が青ざめるのも、むりはない。漢中郡を守る兵数は三万未満である。

王平《おうへい》のもとに集まった将は、三万未満で七万余の敵兵を防ぐのはむりだ、と考えはじめており、

「敵の侵入をゆるすのは、やむをえない。われらは漢城《かん》と楽城《らく》にはいって堅く守り、涪《ふ》の軍がくるのを待ちましょう」

と、発言した。

漢中郡は中心に南鄭《なんてい》がある。その南鄭を防禦すべく、西に漢城、東に楽城がある。また、涪というのは、梓潼《しとう》郡（旧広漢《こうかん》郡）涪県のことで、そこに大司馬《だいしば》の蔣琬《しようえん》が駐屯している。

諸葛亮《しよかつりよう》の歿後に、蜀の国政をあずかった蔣琬は、思考と感情において平衡《へいこう》感覚にすぐれており、疲弊《ひへい》した蜀を立て直した。が、惜しむらくは、病がちで、軍事に関しておもうにまかせないため、費禕《ひい》を大将軍に任じて、その面をおもにかれにまかせた。

諸将の意見をきいていた王平は、

――ぶなんな策とは、愚策に比《ちか》い。

と、おもい、さにあらず、とおのれの策を述べた。

「ここ漢中は涪から離れること千里におよぶ。もしも敵軍が陽平関《ようへいかん》を取れば、それがすぐにこちらの禍《わざわ》いとなる。そこで、まず劉敏《りゅうびん》と杜祺《とき》に興勢《こうせい》山に行ってもらい、そこを防衛の拠点にしてもらう。わたしがその後詰めをする。あるいは、敵軍が黄金谷《おうごんこく》にむかう場合もあるので、そのときはわたしが千人を率いて、その軍を阻止《そし》する。そうこうしている間に、涪の軍が到るだろう。これが上計《けい》というものである」

劉敏と杜祺は、いずれも荊州出身である。劉敏は蔣琬の外弟《がいてい》にあたり、蔣琬とともに名を知られ、劉備が荊州にいるあいだに仕えた。

この軍議では、劉敏だけが王平の意見に賛同し、

「もしも敵の侵入をゆるせば、大事は終わる」

とさえいって、率先して興勢山へゆき、旗と幟《のぼり》を百里にわたって樹《た》てた。

駱谷にはいった曹爽は数百里行軍した。が、先鋒が動かなくなった。山を利用して布《し》かれた蜀軍の陣をどうしても破れない。そのまま月日が経《た》つだけの現状を危ぶんだ参軍《さんぐん》の楊偉《ようい》は、

「すみやかに引き揚げるべきです。さもなければ、敗北します」

と、進言した。軍の進退に関して、曹爽の左右で意見の激突があり、そうこうしているあいだに、蜀の主力軍が費禕に率いられて到着し、三つの嶺を占拠し、曹爽軍の退路をさえぎ

ろうとした。

曹爽は必死のおもいで退路をさがし、かろうじて脱出し、帰還したのである。

これを蜀では、

「興勢の役《えき》」

と、いい、王平の功績とみなされた。

難攻不落の守りのことを、墨守《ぼくしゅ》、というが、まさに王平は墨守の人といってよいであろう。

費禕《ひい》

費禕《ひい》は、諸葛亮《しょかつりょう》に比肩《ひけん》できるほど名を高めるというわけにはいかなかったが、天才であったことはまちがいない。

あざなを文偉《ぶんい》といい、荊州《けいしゅう》江夏《こうか》郡の出身である。

幼いころに父を失った。

そこで族父の費伯仁《ひはくじん》のもとに身を寄せた。このことが、蜀《しょく》への道をひらかせた。伯仁の姑《おば》が益州牧《えきしゅうぼく》である劉璋《りゅうしょう》の母であった。そういう関係で、劉璋は使者を遣《や》って、

「蜀へきなさい」

と、伯仁を招いた。江夏郡は揚《よう》州に接していて、孫権《そんけん》におびやかされていたため、その不安定さを嫌って、伯仁は劉璋の招きに応じたのであろう。伯仁に養われていた費禕も、当然のことながら、蜀へ従《うつ》った。

ところが、劉璋は益州の治安を良化するために荊州から招いた劉備《りゅうび》の意図《いと》を疑い、ついに戦いをはじめた。戦い巧者ではない劉璋は、はじめから劣勢であり、その劣勢さのなかで多くの兵が斃《たお》れてゆくことを傷《いた》んだ劉璋は、まだ余力が充分にある状態で、成都《せいと》を開城し、劉

備に降伏した。

劉璋の身は、荊州の公安県《こうあん》に移された。その県は劉備が益州にはいるまえに本拠としていた。劉璋の家族はもとより、親戚と族人さえも公安へ移ったが、費禕は益州に残った。

やがて費禕の賢才《けんさい》はよく知られるようになり、その名は、豫《よ》州汝南《じょなん》郡出身の許叔龍《きょしゅくりょう》、荊州南《なん》郡出身の董允《とういん》と等しくなった。

益州にも天下に名を知られた人物がいる。そのひとりが許靖《きょせい》であり、かれは劉備に厚遇されて、左将軍長史《さしょうぐんちょうし》から太傅《たいふ》まで昇った。七十歳をこえてもなお生きた長寿の人でもあるが、子の許欽《きょきん》は父にさきだって逝去した。

「その葬儀に行こう」

と、董允は費禕を誘った。ただし許靖の子の葬儀ともなれば、貴人、高官、名士などが参列する。そこへゆくかぎり、多少のみえを張らなければならない。

「父上、車をお貸しください」

董允の父は、蜀の賢臣のひとりである董和《とうわ》である。

「これでよかったら、つかいなさい」

与えられたのは、鹿車《ろくしゃ》とよばれる小さな車である。

「これか」

董允はあからさまに顔をしかめたが、費禕は平気で、さきに乗った。葬儀場に到ると、諸葛亮をはじめとして多くの貴人の車がならんでおり、それらの車のよこにみすぼらしい鹿車をつけることを董允はいやがったが、費禕は泰然自若としていた。

ふたりは帰ってきた。鹿車を御《ぎょ》した従者にふたりのようすを問うた董和は、あとで董允にむかって、

「われはいつも、なんじと文偉とをくらべてみて、優劣をつけがたいとおもっていた。が、今後ははっきりしたよ」

と、いった。費禕を優とし、董允はそれより劣ることがはっきりわかったということである。

漢中王《かんちゅうおう》となっていた劉備は、二年後に、皇帝の位に即《つ》いた。ひと月後に、子の劉禅《りゅうぜん》を皇太子とした。それと同時に、費禕と董允をともに太子舎人《たいししゃじん》に任じ、ついで太子庶子《たいししょし》とした。ふたりは皇太子の教育係りになったと想《おも》えばよいであろう。

呉《ご》を攻めた劉備が敗退したあと、病死すると、劉禅は十七歳で即位した。劉禅は諸葛亮に丞相府《じょうしょうふ》を開かせて国事を仕切らせた。それゆえ費禕が黄門侍郎《こうもんじろう》となったのは、諸葛亮に嘱目《しょくもく》されたからである。

蜀の政府にとっての内憂《ないゆう》とは、南中《なんちゅう》の擾乱《じょうらん》である。

――南を治めてからでないと、北へ伐《う》ってでられない。

なるべく早く南征をおこないたい諸葛亮を諫《いさ》めたのが、賢臣のひとりである王連《おうれん》である。

「南中は不毛の地で、疫病の郷《さと》でもあります。一国の望みをになうかたが、危険を冒《おか》して行くべきではありません」

諸葛亮の身を気づかってくれた王連が亡《な》くなったので、南征を敢行できるようになったといえる。

この南征は諸葛亮にとってはじめての実戦であったが、そつのない指麾《しき》ぶりで、戦果を得た。凱旋してきた諸葛亮を、群臣は数十里さきまで迎えにでたのであるから、その遠征の成否をずいぶん心配していたにちがいない。

それらの群臣をながめた諸葛亮は、費禕の顔をみつけると、

「ここに――」

と、いい、自分の兵車に同乗させた。それを観《み》た者は、

「費文偉が丞相に招かれて、同乗したぞ」

と、おどろき、あとでも成都ではその話題でもちきりになった。費禕の名はその一事で広く知られるようになった。

南征から帰った諸葛亮は、費禕を昭信校尉《しょうしんこうい》に任じ、使者として呉の孫権のもとへ遣った。ただし孫権のもとへゆくことを喜ぶ臣はほとんどいない。孫権は他州からくる使者の能力や器量をはかるために、からかったり、いやがらせに比《ちか》い論をふっかけたりする。

しかし費禕は弁舌に長じていた。

この蜀の使者を説《と》き伏せられないと知った孫権は、酒の相手をさせ、酔ったところでむずかしい問いを発した。だが、費禕は孫権に屈伏しなかった。

「それがしは酩酊《めいてい》しましたので、ひとまず辞去させてもらいます」

そうことわってしりぞいたあと、問われたことを整理し、事項ごとに箇条書きにして答えた。

孫権の酒ぐせの悪さは自国の臣をも悩ませているが、ただただいやがらせを愉《たの》しむだけの君主ではなく、人の本質を洞察する目はもっている。費禕をたいへん高く評価した。

「君は天下の淑徳《しゅくとく》といってよい。それほどの人であるから、蜀の王朝にはいなくてはならぬ人であり、天子の股肱《ここう》であるべきだ。おそらくここには、何回もやってくることはできまい」

成都に帰った費禕は、皇帝の側近というべき侍中《じちゅう》となった。諸葛亮は権力に関心のある者を劉禅に近づけない。それゆえ費禕を無私《むし》の人とみたのであろう。

しばしば魏《ぎ》の雍《よう》州は蜀軍に侵されたので、大司馬《だいしば》の曹真《そうしん》は諸軍がいっせいにさまざまな道から益州を攻めるという計画を立てて、皇帝の曹叡《そうえい》の許しを得た。曹真は子午道《しごどう》から漢中郡をめざし、戦いに長じている司馬懿《しばい》に漢水《かんすい》をさかのぼらせて、南鄭《なんてい》で合流するという攻略図である。

それを知った諸葛亮は漢中郡を守るべく、成固《せいこ》に本陣をすえ、その東の赤阪《せきはん》にも迎撃《げいげき》の陣を布《し》かせた。成固は楽《らく》城ともよばれることになる城で、南鄭の東に位置している。

費禕が中護軍《ちゅうごぐん》に任ぜられたのは、このときであろう。

諸葛亮の頭痛の種は、魏延《ぎえん》と楊儀《ようぎ》の仲の悪さで、ときには、魏延が刃をあげて楊儀につきつけた。それほど険悪な両者のあいだにはいって、争いをおさめたのが費禕であった。

それはそれとして、待機をつづけた諸葛亮の視界に、魏軍はあらわれなかった。

八月に長安《ちょうあん》を出発した曹真は、予定通りに子午道にはいったが、途中ですすめなくなった。蜀兵にさまたげられたのではない。降雨が三十日以上もあり、その雨によって道が消された。九月に詔勅《しょうちょく》がくだり、やむなく曹真は引き揚げた。

この年に、諸葛亮は五十歳であり、つぎの国政をたれにあずけるべきかを考えはじめ、蔣《しょう》琬《えん》の名を挙《あ》げ、

「かれは忠誠であり、われとともに王業を助けるものである」

と、いい、さらに劉禅と密談をおこなって、

「わたしにもしも不幸があれば、どうか後事を蔣琬に託されますように」

と、念を押した。

それにしても劉備は、荊州で育った多くの賢才を蜀の地に移植したものである。蔣琬も荊州の出身であり、こまかくいえば零陵《れいりょう》郡湘郷《しょうきょう》県の人である。州書佐《しゅうしょさ》として任用した蔣琬を随従《ずいじゅう》させて蜀にはいった劉備は、平定後、かれを広都《こうと》県の長に任命した。

ちなみに広都県は成都の南に位置し、成都から遠いというわけではない。

それゆえ劉備が成都をでて南をめぐった際、どうしても広都にはいらざるをえなかった。ところが県長である蔣琬が政治をなまけているときいた劉備は、いきなり県庁の政務室にはいった。そこでみたのは、泥酔《でいすい》した蔣琬である。

「なんたる荒怠《こうたい》――」

激怒した劉備は、すぐさま蔣琬を処罰しようとした。が、蔣琬にとって不幸中の幸いであったのは、劉備に諸葛亮が随伴《ずいはん》していたことである。すかさず諸葛亮が、

「蔣琬は、社稷《しやしよく》の器《うつわ》であり、百里の才ではありません。政治をおこなうには民を安んずることを本《もと》とし、おのれを修飾《しゆうしよく》することを先とはしません。あなたさまはどうかそのことを重々察せられますように」

と、述べて、蔣琬をかばった。

社は土地の神、稷は穀物の神であるが、古来、社稷は国家と同義語である。社稷の臣といえば、国家にとってなくてはならぬ重臣である。また百里の才の百里は、百里平方という広さをいい、その広さは県を指す。つまり百里の才は、県を治める程度の才能をいう。

――蔣琬は大才であり、小才ではありません。

この時点で、諸葛亮は蔣琬を高く評価していた。が、職務荒怠はかばいようのないことである。

蔣琬は罷免《ひめん》された。

この夜、かれは奇妙な夢をみた。

一頭の牛が門前にいて、血を滂沱《ぼうだ》とながしていた。

――いやな夢だ。

目を醒《さ》ました蔣琬はさっそく夢占いをする趙直《ちようちよく》を呼んで、問うた。

「大吉です」

そういわれた蔣琬は、妄《うそ》だろう、とおもった。夢のなかのなにが最上の吉を指しているというのか。

「そもそも血をみるのは、事に分明《ぶんめい》であるからです」

この解説はわかりにくいが、夢占いとはそういうものであると承知するしかない。ちなみに分明とは、はっきりと明らかなことをいう。

ついで趙直は、

「牛の角《つの》と鼻は、公の字の象《しるし》です。君の位はかならず公に至るでしょう」

と、述べた。牛の角と鼻から公の字を抽《ひ》きだすのは、一種のこじつけのようであるが、周《しゅう》易《えき》のような占いと夢占いはちがうのであろう。

しばらくして蔣琬は什邡《じゅうほう》県の令《れい》に任ぜられた。官途にもどされたのである。それからさまざまな官職を経て、諸葛亮が北伐のために成都を空けると、蔣琬は丞相留府《じょうしょうりゅうふ》のことを統轄した。劉禅と側近の動きを監視する任務をかねていたといってよい。

諸葛亮は魏を攻めながら、自分のあとの為政の席は蔣琬に、そのあとは費禕に、という未来図を画いていたのであろう。

諸葛亮《しょかつりょう》が逝去したあと、蔣琬《しょうえん》は尚書令《しょうしょれい》となり、益《えき》州刺史《しし》を兼ねた。その後、大将軍・録尚《ろくしょう》書事《しょじ》に昇った。

費禕《ひい》はどうかといえば、後《こう》軍師になったあと、蔣琬にかわって尚書令になった。官職の序列としては、丞相《じょうしょう》が最高位で、その下に大将軍がある。しかし王朝の中枢《ちゅうすう》はむしろ尚書令であるとみるべきであろう。皇帝の意思は尚書令を経《へ》て実現される。

蔣琬は劉禅《りゅうぜん》から魏《ぎ》を攻略するように命じられた。

――魏のどこを攻めるか。

それを考えるまえに、蔣琬は、諸葛亮の北伐が第五次まであり、それによってかなり国力が衰えたことを自覚していた。できれば、当分のあいだ軍旅を催さないほうがよい。また諸葛亮ほどの偉器《いき》でも、北に出撃して成功しなかったことを想《おも》えば、魏を攻めるのであれば、東へむかうべきではないか。

東へむかう、とは、川をくだるということで、多くの船を造り、漢水《かんすい》をつかって、魏興《ぎこう》郡、上庸《じょうよう》郡を襲うという計策である。

ところがこの計策は進捗《しんちょく》しなかった。

かれには持病があり、その持病に苦しんだ。

成都《せいと》の朝廷では、蔣琬の攻略図について、難疑《なんぎ》の論が生じた。たしかに漢水をつかって魏の諸郡を攻略するのは敵の意表を衝《つ》く点ですぐれているが、勝たない場合、もしくは敗退する場合、陸路をつかいにくいので困難となる。

そこで費禕と中監軍《ちゅうかんぐん》の姜維《きょうい》が使者となり、

「再考すべきである」

という劉禅の要旨を蔣琬に伝えた。

それを承《う》けて、蔣琬はすぐさま上表をおこなった。

「臣《わたし》がご命令を奉じてから、すでに六年が経《た》ちました。臣は闇弱《あんじやく》であるうえに罹病《りびよう》し、計画は成らず、夙夜《しゆくや》、憂悶《ゆうもん》しております。東の呉《ご》と戮力《りくりよく》して魏を攻めるのがよいのですが、呉は約束通りに兵をすすめることをしません。そのたびに費禕たちと議論してきました。やはり涼州《りよう》（雍州《よう》）を攻め取るのがよいでしょう。そのためには姜維を涼州刺史とすべきです。姜維が征伐にゆき、河右《かゆう》（河水《かすい》の西すなわち雍州）を制圧すれば、臣は軍を率いて姜維の後詰めとなります。いま涪《ふ》県は、水路と陸路で四方に通じ、そこに居れば、急な事に対応できます。もしも東北（漢中郡《かんちゆう》）に危険があれば、すみやかにおもむくことができます」

このあと、蔣琬は涪県へ移った。

ところで魏ではとうに涼州という呼称は消え、雍州になっているが、蔣琬があえて涼州といったのは、魏がおこなった改称を蜀《しよく》では認めない気分があるのだろう。

涪県は梓潼《しとう》県の南部にあって、涪水《ふすい》に臨《のぞ》んでいる。この涪水をさかのぼってゆけば、陰平《いんぺい》郡に到り、くだってゆけば、東広漢《とうこうかん》郡、巴《は》郡などに到る。また陸路は、広漢《こうかん》郡の緜竹《めんちく》県につながり、その陸路の延長上に成都があることを想えば、たしかに涪県は四方八達の地であろう。

蔣琬は病身でありながら、できるかぎりの奉仕をおこないたいという意《おも》いが、涪県での駐屯を選ばせたのであろう。

けっきょく蔣琬が蜀の国政を掌握しているあいだに、むだな外征はなく、国力が回復したといってよい。それを想えば、蔣琬も名臣のひとりであるといえよう。諸葛亮の後継者えらびは、まちがっていなかったと断言できる。

蔣琬が漢中から涪県へ移ったあと、費禕が尚書令から大将軍・録尚書事に昇った。

費禕《ひい》には異能がある。

かれは記録を読むたびに、しばらくその文面をながめていると、その趣旨《しゆし》を究《きわ》めることができた。その速さは尋常ではなく、あえていえば人の数倍速く、その内容をさいごまで忘れることはなかった。

朝夕《ちようせき》と政事を聴き、そのあいだに賓客《ひんかく》に応対し、飲食し、遊戯をおこなった。それだけでなく、博弈《ばくえき》もおこなったというのであるから、賭事《かけごと》が嫌いではなかったのであろう。それでいながら政事をおろそかにしなかった。

費禕にかわって尚書令《しようしよれい》となった友人の董允《とういん》は、

――われもおなじことをやってみたい。

と、おもい、真似《まね》をしてみた。ところが十日も経《た》たぬうちに、政務がとどこおってしまった。董允はくりかえし嘆息した。

「人の才能と力量がへだたることは、これほど遠いものか。これはわれの及ぶところではない。終日、政事を聴いているが、われにはまったく暇《ひま》がない」

聴《ちょう》とは、むろん、きくと訓《よ》むが、ほかに待つ、受ける、などの意味がある。さらに、さだめる、さばくなどの意味があるので、政治のことを聴治《ちょうじ》といい、また政治上のことがらをきいてとりさばくことを、聴政《ちょうせい》、という。

さて、費禕が大将軍となった翌年、益州《えき》の主従が戦慄《せんりつ》する事態が生じた。

魏《ぎ》の大将軍である曹爽《そうそう》が大軍を率いて益州攻略を実行したのである。曹爽の父の曹真《そうしん》もおなじように益州攻めを敢行《かんこう》したが、あのときは大雨が長くつづいて魏軍の進撃をさまたげた。そのときの魏軍は八月に長安《ちょうあん》を出発し、子午道《しごどう》にはいると雨に遭《あ》い、ついに九月に曹真は病となって洛陽《らくよう》に帰った。それを知っている曹爽は、二月に討伐軍をだした。

——これなら雨に祟《たた》られることはない。

曹爽は進撃路として駱谷《らくこく》を選んだ。駱谷は儻駱道《とうらくどう》とよばれ、漢中《かんちゅう》郡を西部から侵略する路である。漢中郡を守る諸将はおびえたが、鎮北《ちんほく》大将軍である王平《おうへい》が確実な手を打って、魏軍を阻止した。

「どうした。なぜすすまぬ」

曹爽は苛立《いらだ》ったが、この軍の先鋒は王平らが設けた陣をどうしても崩せず、死傷者を増やすばかりになった。

こういうときに、費禕は諸軍を率いて救援にきた。王平がおこなった陣の配置に、

「それでよいでしょう」

と、うなずいた費禕は、曹爽の退路をふさぐような兵の動かしかたを指示した。

劉禅《りゅうぜん》につかわされた光禄大夫《こうろくたいふ》の来敏《らいびん》は、本陣のようすを眺めたあと、

「それがしはこれで引き揚げますが、最後に、ひとつ、囲碁《いご》はどうですかな」

と、費禕にいった。軍事用の緊急文書が飛び交い、兵馬があわただしく往来するなかでの対局である。

「望むところです」

すぐに費禕は対局に熱中した。途中で、やめるとはいわない費禕をみつめた来敏は、すっかり感心して、

「さきほどはあなたをためしたにすぎません。魏軍を迎え撃つのに、あなたほどの適任者はいないでしょう。かならずや敵を破ることができるでしょう」

と、いって、去った。

費禕は天才の頭脳をもっているがゆえに、来敏と対局しながら、同時に、漢中郡の山谷《さんこく》を碁盤にみたてて曹爽とも対局していた。打った石、すなわち曹爽の退路をふさごうとする兵の配置が利《き》いて、曹爽はいのちからがら逃げ帰った。

王平とともに蜀《しょく》軍を勝利にみちびいた費禕は、翌年、蔣琬《しょうえん》に強くすすめられて、益州刺史《しし》を兼任した。それから一年後に、蔣琬が病歿した。いや、費禕にとって痛恨であったのはそれだけではない。友人の董允もおなじ年に亡《な》くなったのである。

蜀という国の命運は、費禕の一身にかかってきた。

国の未来のために、あらたな才能を擢用《てきよう》しなければならない。その才能のひとつが、陳祇《ちんし》である。かれは汝南《じよなん》郡の出身で、許靖《きよせい》の兄の外孫にあたる。若いころに父を亡くしたので、許靖の家で成長した。二十歳で名を知られ、官途において累進《るいしん》した。多芸であり、天文暦法を習得していた。費禕がたいそう高くその才徳を評したので、抜擢された陳祇は皇帝に内侍することになった。

費禕の功績と名声は、蔣琬に匹敵《ひつてき》するといわれるまでになった。

諸葛亮《しよかつりよう》が丞相《じようしよう》であったときから、実質的な政府は成都《せいと》にはなく、漢中あるいは戦場にあることが多かったが、それでも皇帝である劉禅は不満の色をみせず、諸葛亮だけでなく、蔣琬および費禕を信じて政治をおこなわせたことは、特記すべきである。

蔣琬が亡くなってから二年後に、馬忠《ばちゆう》、王平という名将が逝去し、蜀の人材がさびしくなってきた。

軍事に関しては姜維《きようい》が活発におこなったが、費禕は姜維に一万以上の兵を与えなかった。

費禕の胸裡《きようり》には、

――われらのたれも、諸葛亮におよばない。

というおもいが消えないでいる。そこで姜維には、

「われらが丞相に及ばないことははるかに遠い。その丞相ですら中華を定めることができなかった。ましてわれらにできるはずがない。ここしばらくは国を保ち、民を治め、社稷《しやしよく》を敬守するのがよい。功業に関していえば、有能な者があらわれるのを俟《ま》つしかない。僥倖《ぎようこう》を望

んで、一挙に勝負をつけようとおもってはならない。もしもその通りにいかなかったら、悔《く》いても悔やみきれない」

と、さとした。

姜維は諸葛亮に摭《ひろ》われ育てられた才能であるが、費禕がみるところ、壮大な構想のもとに軍事を展開しているわけではない。戦術はあっても、戦略はない、といえる。それゆえ費禕は、政治では自分を越え、軍事では姜維をしのぐ大才の出現をつつましく待とうといったのである。

費禕は群臣に敬愛された。それでも、あるとき、大赦《たいしゃ》をおこなって、博識だが変わり者の孟光《もうこう》に痛烈に非難された。

「大赦の赦というものは、偏枯《へんこ》の物であるがゆえに、明世《めいせい》にあるべきものではない。衰弊《すいへい》し、行き詰まって、やむをえず、かりにおこなうものである。いま、主上《しゅじょう》は仁賢《じんけん》であられ、百僚は職をまっとうし、どこに旦夕《たんせき》の危うさや喫緊《きっきん》の急《きゅう》があろう。それなのに、しばしば非常の恩をほどこして、姦悪《かんあく》な者たちに恵むのか」

ながい叱責はまだまだつづいた。

なにしろ孟光は、

――書《しょ》にして覧《み》ざるは無く。

つまり、みたことのない書籍はない、といわれるほどの宏儒《こうじゅ》であるから、おもしろい語を知っている。

「偏枯」

という熟語も、そのひとつである。偏は、かたよる、と訓む。公平でないことをいう。それをふまえて偏枯をみれば、恩恵がかたよって、あまねく行き渡らないことをいう。孟光にいわせると、いまはよく治められているのに、なにゆえ大赦をおこなって犯罪者のみに恩恵をほどこすように釈放するのか、となる。

費禕は衆前にあって叱《しか》られつづけたが、抗弁はせず、ただただ詫《わ》びて恐縮するだけであった。これだけでも費禕の人柄の良さがわかる。

費禕は成都と梓潼《しとう》郡の漢寿《かんじゅ》（旧の葭萌《かぼう》）を往復するかたちで国政に臨《のぞ》んだ。その間に、孟光がいったように、公明な政治がおこなわれる世、すなわち明世を実現した。

ただし飲酒に関しては、正体なく酔いつぶれること、また降伏した者を信用しすぎること、などを心配した張嶷《ちょうぎょく》が書翰《しょかん》をだしていさめた。

「昔、岑彭《しんほう》と来歙《らいきゅう》は、兵を率いながらも、公孫述《こうそんじゅつ》の刺客に暗殺されました。いまあなたさまの地位は高く、権力は重いのです。どうか先例をごらんになって、すこしは用心していただきたい」

張嶷の名の嶷は、ほかにギという音をもつ。九嶷《きゅうぎ》山は帝舜《しゅん》を葬ったところであるが、固有名詞としてつかわない場合は、ギョクという音で、高い、とか、賢い、という意味をもつ。ちなみに張嶷は越嶲《えっすい》郡を十五年も治めた名臣である。張嶷が成都に帰る際に、郡民も異民族も張嶷の乗る車の轂《こしき》にすがって泣いたという。

蜀の元号で延熙《えんき》十六年（二五三年）の正月に、漢寿において宴会があった。むろん主催者は費禕である。この会に魏の降人《こうじん》である郭循《かくじゅん》が出席していた。楽しく飲んで酔いつぶれるのは、いつもの費禕である。が、その酔態《すいたい》をはじめてみた郭循は、

――われでも蜀の宰相《さいしょう》を殺せる。

と、殺気のかたまりとなって、手にしていた刃で、費禕を刺殺した。費禕の左右にいる者の用心が足りなかったというしかない。この年から十年後に蜀が滅ぶことを想えば、費禕の死が蜀の滅亡のきざしであったといってよいであろう。

装画　村上豊

装丁　大久保明子
地図製作　理想社

初出誌

「オール讀物」二〇二一年三・四月合併号、七月号、
九・十月合併号
二〇二二年一月号、三・四月合併号、
七月号、九・十月合併号

宮城谷昌光（みやぎたに・まさみつ）
一九四五年、愛知県蒲郡市に生まれる。早稲田大学文学部卒。
出版社勤務のかたわら立原正秋に師事、創作をはじめる。
その後、帰郷。長い空白を経て、「王家の風日」を完成。
一九九一年、「天空の舟」で新田次郎文学賞。
同年、「夏姫春秋」で直木賞。
一九九三年度、「重耳」で芸術選奨文部大臣賞。
一九九九年度、司馬遼太郎賞。
二〇〇一年、「子産」で吉川英治文学賞。
二〇〇四年、菊池寛賞。
二〇〇六年、紫綬褒章。
二〇一五年度、「劉邦」で毎日芸術賞。
二〇一六年、旭日小綬章。
主な著書に「孟嘗君」「晏子」「太公望」「楽毅」「孔丘」、
十二年の歳月をかけた「三国志」全十二巻などがある。

三国志《さんごくし》名臣列伝《めいしんれつでん》　蜀篇《しょくへん》

二〇二三年二月二十五日　第一刷発行

著　者　宮城谷昌光《みやぎたにまさみつ》
発行者　花田朋子
発行所　株式会社　文藝春秋
〒一〇二-八〇〇八
東京都千代田区紀尾井町三番二十三号
電話　〇三-三二六五-一二一一
印刷所　凸版印刷
製本所　加藤製本

ISBN978-4-16-391661-3